AF196041

Es ist der 15. August, Ferragosto, ganz Italien urlaubt, und der Strandabschnitt von Strandwärter Enzo ist so voll wie nie. Hingebungsvoll kocht er für seine Gäste Spaghetti Carbonara, und zwar erstmals nach dem Rezept seiner verstorbenen Frau. Er ist nicht der Einzige, der sich an diesem zauberhaften Sommertag für etwas Neues öffnet – unter seinen Augen vollzieht sich ein kleines Wunder: Vier ganz unterschiedliche Paare finden im Laufe der Stunden in seinem Bagno zusammen, sehen sich zum ersten Mal richtig an, oder erkennen, wie sehr sie sich selbst im Wege standen und finden die Liebe wieder.

ALEXANDER OETKER

SONNTAGS AM STRAND

ROMAN

ATLANTIK

Motto auf S. 7 Thomas Mann: *Über mich selbst.*
Autobiographische Schriften.
Gesammelte Werke in Einzelbänden, Frankfurter Ausgabe,
hrsg. von Peter de Mendelssohn.
© S. Fischer Verlag GmbH, Frankfurt am Main 1983.

Atlantik ist ein Imprint des
Hoffmann und Campe Verlags, Hamburg.

3. Auflage 2024
Taschenbuch
Copyright © 2023 Hoffmann und Campe Verlag, Hamburg
www.hoffmann-und-campe.de www.atlantik-verlag.de
Umschlaggestaltung: Vivian Bencs © Hoffmann und Campe
Umschlagabbildung: © Nina Heinke www.ninaheinke.de
Satz: Pinkuin Satz und Datentechnik, Berlin
Gesetzt aus der Sabon
Druck und Bindung: GGP Media GmbH, Pößneck
Printed in Germany
ISBN 978-3-455-01755-7

Ein Unternehmen der
GANSKE VERLAGSGRUPPE

Für Mateo & Jakob

»Das Meer ist keine Landschaft,
es ist das Erlebnis der Ewigkeit.«

Thomas Mann

»Tra il dire e il fare c'è di mezzo il mare.«
»Zwischen Reden und Tun liegt das Meer.«

Italienisches Sprichwort

All'alba
Bei Sonnenaufgang

Enzo

Am Morgen war er eine einzige Verheißung, dieser Strand.
Wenn das Rattern des alten Motors von Signor Garivaldos
Traktor gerade verklungen war, die feinen Linien, die sein
Rechen im Sand hinterlassen hatte, noch nicht verweht waren,
kein Fußabdruck zu sehen war, keine Spuren der Wandernden,
Flaneure, springenden Kinder, höchstens eine Möwe wie eine
Ballerina darübergestelzt war, ganz so, als fröre sie, und drei-
zackige Spuren zurückließ, zart hingetanzt. So unberührt wie
der Tag lag der Strand da, bereit, neue Geschichten in seinen
Sand schreiben zu lassen. Geschichten, wie sie nur hier ge-
schrieben werden. Hier. Am Meer.

Die Sonnenschirme aufrecht, ihre langen Schatten gen Westen
ausgerichtet, weil die Sonne von Osten kommt, ihre Strahlen
einmal schräg übers Meer schickt, schimmernde Sprenkel auf
dem Wasser hinterlässt. In Reih und Glied stehen die Liegen
dicht beieinander, noch in ihrer künstlich erzwungenen Ordnung, nicht verrückt, nicht zusammengezogen, um mehr Nähe
zu den Liebsten, oder auseinander, um mehr Abstand zu den
lärmenden Nachbarn zu schaffen. Die Sonnenblenden hinten-
über, als würden auch die Liegen noch die Morgensonne genießen wollen. Dort hinten, in der kleinen Bucht, zieht der Erste der Zurückgekehrten sein Boot an Land, es sieht ganz leicht
aus, dann steigt er noch einmal hinein und holt zwei Kisten,

die er übereinanderstapelt, als seien darin nur Wattebällchen und keine kiloschweren Fische. Die Nacht hat der alte Mann auf dem Meer verbracht, er ist einer der wenigen, die auch sonntags hinausfahren.

Überhaupt: das Meer. Es liegt da, ganz ruhig, erhaben, als wollte es die schlafenden Hotelgäste noch nicht mit seinem Rauschen stören. Da sind nur die ganz kleinen Wellen, das Wort fast schon übertrieben für ihre Gestalt, sanft und gleichförmig fließen sie heran und lassen den Sand und die feinen Kiesel leise knirschen.

Enzo sah das, gewiss sah er es, er war nicht gleichgültig geworden über die Jahre, gleichgültig wie all die Menschen, die an ihren Arbeitsplatz kamen und diesen gar nicht mehr wahrnahmen, ihn nur als Ort betrachteten, an dem sie dem Broterwerb nachgehen – nein, nein, er schüttelte den Kopf, weil er den Gedanken so absurd fand, nein, das würde ihm nie passieren, das war nicht möglich, nicht hier.

Wie jeden Morgen knirschte auch heute der feine Sand unter seinen Füßen, die paar Meter, bis die hölzernen Bohlen begannen, die er mal wieder austauschen müsste, dachte er, als er die dunkle Patina sah. Es wäre nicht gut, wenn sich ein Badegast einen Splitter in den Fuß rammen würde. Er folgte der Kurve, die der hölzerne Pfad beschrieb, alles war unberührt, die Jugendlichen waren in der Nacht also nicht auf dumme Ideen gekommen, gut so.

Enzo kramte in der Hosentasche nach dem Schlüssel, es klimperte, dann zog er ihn heraus und öffnete ruhig und gewissenhaft das Vorhängeschloss, bog es auf und nahm es ab, dann konnte er die hölzerne Platte anheben und mit zwei, drei Schritten um die Ecke wuchten, hinter die kleine Holzhütte, wo er sie in den Sand stellte. Neben die Hütte hatte der Bäcker zwei Tüten gestellt, er würde sie gleich holen. Ein weiteres Vorhängeschloss, diesmal an der Tür, auch das öffnete er und trat ein. In der Nacht hatten sich am Boden Staub und Sand abgesetzt, beim Öffnen der Tür aber wirbelte beides durch die Luft, kleine Flocken, kleine Körner, Schnee und Gold.

Das waren sie, seine sechs Quadratmeter. Am Abend hatte er wie stets alles aufgeräumt und sauber gemacht, deshalb genoss er die wohltuende Ordnung, der Sandwichgrill neben den durchsichtigen Gefäßen, in denen nachher die Granita rotieren würde, er würde sie gleich frisch ansetzen. Das einzige Geräusch war von der Truhe mit dem Eis zu hören.

Enzo aber lehnte sich erst mal an seinen Tresen und blickte hinaus. Da waren drei Farben: das Weiß des Sandes, das Blau des Himmels. Die dritte Farbe war ein leuchtendes Gelb. Das Gelb der Sonnenschirme und der Liegen, kein verblasstes Gelb, nein, ein richtig strahlendes Sonnengelb. Die Patina bei den Holzbohlen auf der Terrasse nahm er hin, aber das hier war ihm wichtig: Sein Bagno musste gelb leuchten, dafür liebten es die Gäste, die Stammgäste, die Kinder. Jeden Winter prüfte und reinigte er Sonnenschirme und Liegen mit jeder Menge Wasser und Reinigungsmitteln. War ein Schirm aber von der Sonne allzu sehr verblichen, dann tauschte er ihn aus.

Weiß – Blau – Gelb. Drei Farben, ein Ausschnitt. Sein Ausschnitt. Diesen Blick hatte er jeden Tag des Sommers, seit einundvierzig Jahren. Die Welt als Rechteck – für ihn gab es nichts Besseres.

Vor allem aber gab es keinen besseren Moment als diesen, so früh am Morgen, weil außer ihm noch niemand hier war. Nur er und die zwei Möwen, die in den Traktorfurchen herumstelzten. Sie nahmen die Hügel so stolz und aufrecht, als seien sie Bergsteiger. Enzo müsste nicht so früh hier sein, gewiss nicht, die meisten Gäste schliefen noch, nur die Alten, die schon in dunkler Nacht den Morgen herbeisehnten, weil der Schlaf sich nicht mehr einstellen wollte, saßen bereits beim Frühstück in den Hotels auf der Promenade. Aber selbst sie würden erst in die kleine Stadt gehen, ein paar Dinge einkaufen, einen Plausch im Café halten, bevor sie an den Strand kämen.

Er brauchte diese Ruhe, diese Zeit nur für sich. Gleich würde er hinausgehen, noch einmal die Liegen kontrollieren, dann würde er die Cornetti vom Bäcker in den kleinen Ofen schieben, damit sie für die ersten Gäste schön kross und noch warm wären. Und, das Wichtigste, er würde die alte Cimbali-Kaffeemaschine anstellen. Die zwei abgenutzten Knöpfe drücken, die das riesige zweigruppige Ungetüm in Gang setzten. Jetzt würden die alten Heizer in der Maschine anspringen und sie auf Temperatur bringen. Nichts war wichtiger als eine gut vorgeheizte Espressomaschine – wer wollte schon faden, kalten Caffè trinken?

Enzo hörte das Blubbern in dem Gerät und lächelte. Er lehnte sich wieder an den Tresen und blickte hinaus: Die Sonne schob sich dort hinten über das Meer, ihr Gelb war noch sehr hell, fast kontrastierte es mit den Sonnenschirmen, kein Wölkchen war an diesem Himmel zu sehen. Ein vollkommener Morgen. Und es würde ein vollkommener Tag werden. Warm und mit einem leichten Wind, der aus Westen kam. Warmem Wind also. Vielleicht würde es am Abend ein kleines Gewitter geben. Die Luft wäre ganz sauber, am Anfang dieser Woche. Besser ging es nicht.

Denn heute war Sonntag. Der wichtigste Tag der Woche. Ein Abschluss. Ein Neubeginn. Aber vor allem: der Tag, an dem die Familien kamen, um sich zu treffen. Zu essen, zu baden, am wichtigsten aber, um miteinander zu sprechen und das Leben zu feiern. Am liebsten dort vorne, mit den Füßen im Meer, kurz hinter der Wasserkante, leichte Kühlung von unten, mehr Meer brauchten sie nicht. Welcher Italiener wollte denn freiwillig schwimmen gehen? Das Meer war groß, unheimlich, mitunter gefährlich. Hier, am Ufer, war es sicher – und zudem sehr unterhaltsam. So ließ es sich aushalten, stundenlang.

Ein bisschen würde es aber noch dauern, bis sie alle anrückten: die Touristen aus ihren Hotels, die alten Bewohner des Ortes, die noch in die Kirche gingen, um zehn war die Messe, und die war so fest in ihrem Leben verankert wie der Caffè danach an seinem Tresen. Die jüngeren Leute, die nicht mehr in die Kirche gingen, weil sie Gott nicht mehr brauchten – oder einfach zu müde für Gott waren –, die also schliefen noch ihren Rausch aus, selbst in seiner Wohnung fernab von der einzigen Disco des Ortes hatte Enzo gestern Nacht noch das Rambazamba gehört. Aber statt sich zu ärgern, hatte ein leises Lächeln in seinem Gesicht gespielt. Damals, er erinnerte sich – mehr noch: Er konnte fast spüren, wie das gewesen war, derselbe Raum, aber dort waren bunte Lichter gewesen statt dieses blitzenden Spektakels, und auch die Musik war eine andere, man konnte mitsingen, klatschen, ein Jubel statt dieses wummernden Stakkatos von heute. Aber das Gefühl war wohl dasselbe gewesen, abzüglich der blauen Lichtflecken im Raum, weil alle auf ihre Smartphones starrten. Er hingegen hatte damals nur sie angesehen, den Schweiß auf seiner Oberlippe geschmeckt, die Bässe, die in seinen Körper gekrochen waren, die Sehnsucht nach der Frau und ihren Lippen, von denen er den Blick nicht lassen konnte.

Sein Blick wanderte sogleich zu dem kleinen Foto, das nur er sehen konnte und das ihn immer wieder anzog wie ein Magnet in diesem kleinen Raum. Es stand oberhalb der Eistruhe auf einem kleinen Bord und war nur zu ihm gerichtet. Er lächelte sanft, als er sie erblickte, die Lippen, die ihn in jener Nacht geküsst hatten, die lockigen dunklen Haare, ihre grünen Augen mit dem klugen Blick.

»*Buongiorno*, Enzo«, sagte der alte Signor Conte und trat an den Tresen.

»*Ciao, caro*«, erwiderte Enzo und machte sich an der alten Cimbali-Maschine zu schaffen. Sein erster Gast war in dieser Hinsicht der untypischste Italiener, den er sich vorstellen konnte. Denn er war immer pünktlich, gerade so, als wäre er ein Schweizer. Denn er war der Mann, der vorhin das Boot an Land gewuchtet und in Windeseile den Fang in die Kühlung gelegt hatte, später würde der Händler die frischen Fische abholen und an die Restaurants im Ort liefern – Contes Geschäft war in jenem Moment erledigt, in dem die Brassen, Barsche und Sardinen im Netz hingen.

In allem anderen außer der Pünktlichkeit hingegen war der Alte dann wieder der typische Mann von hier: Er trug an jedem Tag dasselbe Hemd, aber nein, weit gefehlt, es war kein speckiges Etwas, das erkennen ließ, welchem Beruf er nachging – draußen auf dem Meer trug er immer sein Ölzeug, an Land aber stets das in weichen Erdtönen gehaltene Karohemd. Jeden Tag das Gleiche, aber immer wieder ein sauberes. Enzo schätzte, es seien sieben, eines für jeden Wochentag.

Signor Conte rauchte zwar nicht mehr, er hatte das vor einigen Jahren aufgegeben, dafür trank er jeden Tag seinen ersten Espresso hier bei ihm, bei Enzo – und dazu, aber nur an Sonntagen, ein kleines Glas Weißwein bis zum Mittag und exakt nach der Mittagsstunde noch eines. Anfangs war der Wein eiskalt, und der Tau rann am Glas herunter, aber von Minute zu Minute wurde er wärmer, weil Conte so langsam trank. Und es war so, dass dieser alte Fischer an jedem Tag für eine halbe Stunde und an Sonntagen mehrere Stunden, sicher sieben oder acht, bei ihm am Tresen stand – und schwieg.

Er brauchte keine Worte, so schien es, er brauchte nur das Meer. Eines Tages, als Enzo einmal fand, dass Signor Conte ein wenig wackelig wirkte, hatte er ihm einen Barhocker hingestellt, exakt jenen, den er selbst manchmal benutzte, wenn ihm die Beine müde wurden. Doch Signor Conte hatte den Hocker nicht einmal angesehen, er hatte ihn mit Verachtung gestraft, ohne jedoch nur ein Wort an Enzo zu richten. Der Wirt hatte den Stuhl einfach stehen lassen, es war wie ein unausgesprochener Kodex gewesen. Am vierten Sonntag hatte der Fischer plötzlich auf dem Barhocker gesessen – wieder ohne ein Wort, ohne eine Erklärung. Auch Enzo hatte dazu geschwiegen. Fortan war es an Sonntagen der Stammplatz des Signor Conte. Niemand wagte es, ihm den besten Platz am Tresen streitig zu machen – nicht mal Enzo, der am Abend des siebten Tages der Woche stets besonders schlimme Fußschmerzen hatte – ihm fehlte sein Hocker. Aber so war es – und weil es nun geschehen war, wollte niemand mehr daran rühren.

Enzo stellte die kleine, heiße Tasse vor Signor Conte ab, er wusste, dass der Mann nun den Caffè genießen würde, anschließend würde er ihm sofort das kleine Glas Weißwein servieren, einen Malvasia Bianca von dem Winzer, der zwei

Dörfer weiter wohnte und der ihnen hier in Qualität und Lokalpatriotismus zur Ehre gereichte – zwei Dinge, auf die es Enzo in seiner Bar immer ankam.

Aus dem Augenwinkel sah er, dass seine Nachbarin eine Tafel auf die Straße stellte. Was war denn nun schon wieder? Er würde gleich nachsehen gehen, aber vorher musste er noch sechs oder sieben Panini vorbereiten – gleich, in einer Stunde, würde es hier, wie immer an einem Sonntagmorgen, sehr hektisch werden.

La mattina
Der Vormittag

Felice & Alberto

»Ah, so mag ich es«, sagte er, als sie gerade an der niedrigen Mauer angekommen waren, welche die Promenade von dem Lido trennte. Felice war ein kleines Stück hinter ihm gelaufen, und nun sah sie den Grund für seine Freude: Der Strand war leer. Freie Auswahl. Deshalb waren sie, wie immer am Sonntag, sehr früh in Turin losgefahren, die Sonne war noch nicht einmal ganz aufgegangen.

»*Andiamo!*«, rief er, fröhlich jetzt, nichts mehr von der vorfreudigen Ruhe, die im Auto geherrscht hatte. Er hatte seinen Willen.

Sie gingen ein Stück weiter südlich, ihr bevorzugtes Bad war jenes blau-gelbe, und doch blieb Felice an der Tafel stehen, die die Chefin des Lido mit den grün-roten Liegen und Sonnenschirmen gerade auf die Straße gestellt hatte. *Offerta per Ferragosto* stand da. »Schau mal«, sagte sie, »ein Schirm und zwei Liegen für den ganzen Tag – und eine Flasche Prosecco umsonst dazu.« Alberto sah die handgeschriebene Tafel nachdenklich an, als wollte sie ihm eine Falle stellen. Dann zog er seine Stirn kraus. »Es wird glühend heiß heute, meinst du wirklich, da sollten wir Alkohol trinken?« Sein Blick war längst weitergewandert zu seinem Ziel, und er hatte schon wieder die Tasche gegriffen, die er noch am Vorabend fein säuberlich gepackt hatte, mit allem, was nötig war. Für ihn zumindest.

Sie zog ihre Ballerinas aus und betrat den weichen Sand, der noch so kalt war, ausgekühlt von der langen Nacht. Sie liebte es, mit ihren Zehen diese Kühle zu spüren, während Alberto natürlich auf den Holzbohlen ging, die hinunterführten zu der kleinen Hütte.

»*Salve*«, grüßte Alberto, und Felice nickte dem Mann zu, der hinter dem Tresen stand, er war immer hier, morgens und abends und den ganzen Tag, er schien hier zu wohnen, anders konnte es nicht sein. Sie hätte gerne gewusst, ob er eine Familie hatte.

»*Buongiorno*, Signora, Signore«, antwortete der Wirt. »Wie immer?«

»*Sì*«, antwortete Alberto, »in der hinteren Reihe genau an der Mauer.«

Der Mann öffnete den Kasten an der Wand und nahm den kleinen Schlüssel heraus, Numero 17, er schien zu zögern, aber dann sagte er doch nichts und trat hinaus in die Sonne, um seine ersten Gäste zu ihrem Platz zu bringen.

Kaum angekommen, entfernte er das winzige Schloss von der Halterung des Schirmes, sodass der sich problemlos aufspannen ließ.

»Gibt es viel Vandalismus hier in der Nacht?«, fragte Alberto.

Der Wirt nickte. »Ja, die Kids machen sich einen Spaß daraus, die geöffneten Schirme als Boot zu nehmen. Oder es gibt einen Sturm, dann fliegen sie einfach so weg. Deshalb verschließe ich sie.«

»Diese Kids«, wiederholte Alberto und schüttelte den Kopf, als würde er deren Hitzköpfigkeit nie verstehen können. Sie sahen zu, wie der Mann die Liegen umdrehte, ein letztes Mal den Sand der Nacht abklopfte, um sie dann wie ein Hotelbesitzer, der sein schönstes Zimmer anpries, in voller Pracht zu präsentieren.

»Einen wunderbaren Tag«, sagte er.

»Ihre Nachbarin bietet eine Flasche Prosecco gratis an«, sagte Felice und setzte ihr schönstes Lächeln auf. »Sollten Sie auch tun …«

»Was?« Der Wirt schien überrascht. »Was macht sie?«

»Auf der Tafel vor der Tür. Ein Angebot zum Ferragosto. Liegen, Schirme und eine Flasche.«

»Viel zu heiß«, sagte Alberto leise, »da wird uns doch ganz düselig.«

»Hmm«, murmelte der Wirt. »Tolle Idee.« Und dann hörte Felice noch etwas, was klang wie »Wenn sie es nötig hat …«. Schien nicht die beste Stimmung zu sein unter den Konkurrenten, dachte sie. Als der Mann gegangen war und sie sich erst mal auf der Liege ausbreitete, hörte sie das Zungenschnalzen ihres Freundes. »Was denn?«, fragte sie mit geschlossenen Augen.

»Warum musstest du ihn denn danach fragen? Hast du nicht gemerkt, dass das total unangemessen war?«

Sie öffnete die Augen nicht, stattdessen spürte sie die Wärme auf ihrer Haut, eine Wohltat nach der langen Fahrt, die sie frierend in dem kleinen Auto verbracht hatte. Doch dann ratschte es schon, und Sekunden später kam der Sonnenschirm seiner Bestimmung nach und warf den unvermeidlichen Schatten über ihr Gesicht. *Allora*, der Sonntag am Strand hatte begonnen.

Ada

Ihr Haus hätte überall stehen können, in jeder beliebigen Vorstadt des Landes. Da waren die gleichförmigen Balkone, von denen der Putz rieselte, da waren die Fenster mit den geblümten Gardinen, die mal wieder gewaschen werden könnten, da waren die Satellitenschüsseln, nach Süden ausgerichtet wie Sonnenkollektoren, was irgendwie ganz passend war, weil jene, für die sie zum wichtigsten Objekt ihres Lebens geworden waren, nicht mehr rausgingen, um die echte Sonne zu sehen.

Ada aber ging hinaus, sie hielt sich nur zum Schlafen in diesem Haus auf, dabei war ihre Wohnung gar nicht so übel – »Ich habe das Beste daraus gemacht«, sagte sie stets bei sich. Sie war sehr ordentlich und sorgsam, in allen Fragen des Lebens, bei der Arbeit, in ihren wenigen Freundschaften und eben darin, dass ihre Wohnung stets so aufgeräumt war, wie es sich gehörte. »Was wäre denn, wenn ich mal die Ambulanz rufen muss, und dann erschrecken die, weil sie erst mal über Müllberge laufen müssen, und beim Rausgehen stolpern sie, und ich falle von der Trage.« Ihre beste Freundin hatte einiges gelernt, als Ada das erzählt hatte.

Sie hatte die kleine Stofftasche dabei, die sie sonntags immer mit sich trug, darin war alles, was sie brauchte. Aber eigentlich brauchte sie an dem Ort, zu dem sie unterwegs war, gar nichts. Trotzdem war es immer gut, etwas Feuchtigkeitscreme dabei zu haben.

Ada hatte die Treppe genommen, nun öffnete sie die Tür und trat in den strahlenden Vormittag.

Es war einer dieser Tage, an denen vier Blöcke südlich von hier ein leichter Wind ging, der den späteren Hitzezenit wenigstens einigermaßen erträglich machen würde. Hier aber, in diesem tristen Wohnblock, wehte kein Lüftchen, als würde den Leuten, die hier wohnten, nicht mal der Wind gegönnt und es nachher am späten Nachmittag so heiß werden, dass der Asphalt unter den Füßen weich wurde. Es roch dann in der ganzen Straße, als wäre frisch geteert worden – doch Ada musste zugeben: Sie mochte diesen Geruch, so wie sie ihre Straße mochte, ihre Nachbarn, das ganze kleine Städtchen, aus dem sie stammte.

Gerade schlug sie den Weg nach rechts ein, die kleine Anhöhe hinunter, da hörte sie Schritte, noch bevor sie die Stimme vernahm.

»Ada!«, rief diese junge, fröhliche Stimme, in der Überraschung lag, »wohnst du etwa hier? Na so ein Zufall.«

Sie drehte sich um, einen Moment langsamer, als es nötig gewesen wäre, weil sie Zeit brauchte, sich zu sammeln.

»*Ciao*, Isa«, antwortete sie, und sie wollte reserviert klingen, vorsichtig, aber es gelang ihr nicht, sie war nie gut darin gewesen, geheimnisvoll zu sein, nicht im Geringsten, obwohl ihr ganzes Leben irgendwie ein Geheimnis war. Hier ging es um ihre Privatsphäre, aber die junge Frau, die ihr nun gegenüberstand, sah so erfreut aus, so herzlich, so froh, sie zu sehen, dass Ada nicht anders konnte, als ihr die Hand entgegenzustrecken. Die große Blondine schien erst nicht so recht zu wissen, was sie nun tun sollte, denn sie trug schwer. Doch dann entschied sie sich und stellte zuerst die Tüte mit etwas ab, was in Geschenkpapier eingewickelt war, den großen Blumenstrauß legte sie vorsichtig obendrauf. »Was haben Sie denn vor?«, fragte Ada, »gehen Sie zu einem Geburtstag?«

»Das ist es ja, deshalb ist es ja so schön, Sie zu treffen: Sie wissen es ja, Chiara liegt doch im Ospedale. Wir wollten sie alle besuchen, alle Kolleginnen zusammen … Aber dass ich Sie auch noch treffe – wissen Sie, wir wussten nicht, ob wir Sie dazubitten sollten – wir … na ja, aber jetzt ist es Schicksal. Bitte, kommen Sie doch mit. Chiara würde sich so freuen, und dann wären wir alle zusammen.« Sie strahlte sie an, als wäre das nicht nur die beste Idee der Woche, sondern als wäre sie noch dazu stolz, dass ausgerechnet sie Ada getroffen hatte. Sie würde mit ihr im Schlepptau im Ospedale aufkreuzen – denn dass sie mitgehen würde, daran zweifelte sie nicht.

Also zuckte nun auch Ada mit den Schultern, griff nach dem Blumenstrauß, drückte ihn der verdutzten Isabella in die Hand, dann nahm sie die Tüte, die schwer aussah, aber ganz leicht war, und sagte: »Na, wenn ich schon mitgehe, dann kann ich auch tragen helfen.«

»*Ottimo!*«, rief Isabella, hakte sich bei der älteren Frau unter, und gemeinsam änderten sie die Richtung, nach links jetzt, in Richtung Altstadt, an deren Rand das Ospedale della Misericordia lag.

Giacopo

»Hmm, da lang ist wahrscheinlich besser«, murmelte sein Vater und drehte das Lenkrad. Giacopo war dieser Tonfall allzu vertraut, deshalb überlegte er, ob er sich gleich die Kopfhörer in die Ohren stecken sollte – oder erst in fünf Minuten.

Der graue Lancia bog also von der Schnellstraße ab, und dann nahm er die Einfallstraße zum Zentrum und dann Richtung Strand. Der Junge ließ das Fenster ein Stück herunter, neben ihm saßen die Zwillinge. Francesca spielte mit einer Paw-Patrol-Plastikfigur, während Fabio schon wieder eingeschlafen war. Anderthalb Stunden nach dem Aufstehen. Giacopo war neidisch auf den Schlaf der Glückseligen. Aber das war eben das Problem der älteren Geschwister: Auf einmal war man schon groß, durfte viel, musste aber noch viel mehr und wollte doch eigentlich nur auf den Arm und mal richtig ausschlafen. Stattdessen fand er sich in der aufgeheizten Familienkarre wieder, und als er nach vorne sah, traf sein Blick schon den seiner Mutter, die ihn im Rückspiegel ansah.

»Machst du zu, bitte?«, fragte sie. Nein, es war keine Frage. Beileibe nicht. »Du weißt doch, dass Francesca erst letzte Woche einen Schnupfen hatte. Und Fab schläft. Viel zu laut. Tztztz.«

Er hob den Knopf, und die Scheibe fuhr geräuschlos hoch. Schade, denn gerade jetzt hätte ein wenig frische Luft helfen können, dachte Giacopo, denn er sah die vielen Rücklichter vor ihnen, die rot aufleuchteten. Papa bremste eine Spur stärker, als es nötig gewesen wäre. Dann standen sie. Eine Weile war es still im Auto, dann ließ Mama ihre Scheibe runter.

»Na klasse«, murmelte sie. »Auf der Schnellstraße ... « Sie ließ den Satz aus dem Auto fliegen, doch er schien wie ein Bumerang zurückzukommen, und es dauerte nicht mal zwei Sekunden, als der Mann auf dem Fahrersitz seine Hände ins Lenkrad drückte, dass die Adern hervortraten, dann drehte er den Kopf und knurrte: »Woher soll ich das denn wissen, hmm? Ich hab doch extra diesen Weg genommen, weil ich dachte, ich würde es dir damit recht machen. Aber ich kann doch nicht wissen, dass ausgerechnet jetzt und heute hier so viel Verkehr ist.«

»Ach, kannst du nicht?«, fragte Mama, die nun zurückfauchte, den Blick auf ihren Mann gerichtet, sie sprach sehr laut; dass Fabio schlief, war wohl vergessen, »Du, das ist jedes Wochenende im Sommer so – und weil es im Juni so war, als wir hier waren, und im Juli, dann wird es wohl auch an Ferragosto so sein – und bitte, da stehen wir. Außerdem gibt es da dieses Ding, ich glaube, es heißt Internet, das soll ganz gut sein, da sieht man, wo Stau ist.«

Ihre Mutter war Meisterin darin, ihre Kritik pointiert vorzutragen, dachte Giacopo, nur leider war sie dabei so herablassend, dass er am liebsten das Steuer übernommen hätte, um Papa zu schützen.

»Die Strecke hier ist viel schöner«, versuchte der es nun wieder leiser und ein wenig kläglich, »und außerdem: Auf der Schnellstraße war letztes Mal auch Stau, aber ... « Er hieb auf den Fensterrahmen. »Verdammt, was steht denn der da vorne rum? Das ist doch hier kein Parkplatz.«

Ablenkung war die Art seines Vaters, den Zorn seiner Mutter in den Griff zu kriegen. Alle hier wussten es – außer Fabio, der sich nicht aufwecken ließ. Vielleicht lag es daran, dass die Kleinen die elterliche Lautstärke schon gewöhnt waren.

Mama klopfte mit ihren Fingern von außen auf die Tür, eine Macke, die ihr zur ständigen Gewohnheit geworden war, seit sie vor etwas mehr als zehn Monaten das Rauchen aufgegeben hatte. Giacopo hätte – wohl genau wie sein Vater – nie zugeben, dass Mama vorher entspannter gewesen war. Andererseits hatte er selbst vorhin schon auf dem Handy gesehen, dass es sich auf der Einfallstraße staute. Leider war die Schnellstraße bei Google Maps auch komplett rot – er hätte also nicht mal einen Rat geben können. Eine echte Lose-lose-Situation.

Eigentlich hätte auch er jetzt gerne eine geraucht. Nicht weil es ihn beruhigte, so ein Quatsch. Er hatte keine Ahnung, ob es ihn beruhigte. Bisher war er immer so aufgeregt gewesen, wenn er sich hinter der Schule eine Zigarette angesteckt hatte, dass er gar nicht mehr wusste, ob das Herzrasen jetzt vom Tabak kam oder doch von der Panik, entdeckt zu werden. Wenn Mama das wüsste – sie würde …

»Haben wir die beiden Luftmatratzen mit?«, fragte Papa aus dem Nichts. Mama stellte das Türklopfen ein. »Haben *wir* nicht, weil ich die Strandsachen mal wieder alleine gepackt habe. Und weil eine Matratze draußen im Schuppen liegt und ich sie da einfach vergessen habe – verdammt noch mal. Ich kann doch auch nicht an alles denken …«

»Aber du weißt doch, was das wieder für einen Zoff gibt, wenn Francesca ihre Matratze mit den Hunden drauf hat, und Fabios Peppa-Wutz-Matratze ist …«

»Is' meine Matratze nicht mit?« Sein Bruder verschlief ungerührt den Ausbruch des Krieges von Ferragosto, aber bei den Worten *Peppa Wutz* und *Luftmatratze* war er so schnell wach wie der Oberbefehlshaber.

»Na toll«, murmelte Mama, »musst ja nicht so schreien, oder, Davide?«

»Aber ich will meine Luftmatratze!«, rief Fabio.

»Dann kauf ich eben eine neue«, sagte Papa plötzlich wieder ganz ruhig. »Da ist doch die Bar im Bagno, da haben wir die andere doch auch …«

»Ich will aber meine …«

Die fünf Minuten waren gerade um, auf die Sekunde. Giacopo setzte sich seine Kopfhörer auf die Ohren und drückte bei Spotify auf Play. Der Zufallsmodus hatte ein Einsehen und spielte Salmo. Der laute italienische Rap passte gut zu den Gesichtern dort vorne im Auto: Papa, der ängstlich zum Beifahrersitz sah und nicht bemerkte, dass der Verkehr wieder ins Rollen gekommen war, und Mama, die mit hochrotem Kopf auf ihn einredete, während Fabio hinter ihnen weinte und Francesca ihm zusätzlich noch den kleinen Paw-Patrol-Chase auf den Kopf hieb.

Giacopo fühlte sich wie in einer übertriebenen Erziehungssoap. Wenn es doch nur nicht so tragisch wäre. In seiner Klasse gab es nicht mehr so viele Teenager, die noch glücklich verheiratete Eltern hatten. Er würde der Nächste sein, das nächste Trennungskind. Das war echt übel. Aber er konnte es den beiden auch nicht krummnehmen: Es lief einfach nicht. Es war nur noch Zeter und Mordio. Der eine machte ständig entweder alles falsch, oder er machte gar nichts. Und seine Mama, die erst arbeitete und dann die Zwillinge betreute, war mit den Nerven am Ende – und zeigte das auch. So schnell, wie sich sein Vater aufregte und dann immer so merkwürdig laut wurde, dass er, der große Sohn, ihn nicht mehr ernst nehmen konnte, so schnell fuhr er sein Temperament dann auch wieder zurück. Während Mama auf der Spitze ihrer Erregungskurve verharrte.

Wenn seine Mama der Ätna war, dann war sein Papa Pompeji.

Enzo

»Sie sprechen aber gut Italienisch«, sagte er zu der Frau aus Deutschland, deren Akzent sogar gerade noch erträglich war. Die Dame strahlte ihn an. »Möchten Sie einen Schirm oder lieber zwei? Sie sind zu viert.«

Natürlich nahm sie zwei Schirme und vier Liegen dazu, Enzos Charme verfehlte seine Wirkung nie. »Kommen Sie«, sagte er, und die Familie mit den blassen Gesichtern und den blonden Haaren folgte ihm im Gänsemarsch. Bei Gästen, die zum ersten Mal kamen, drehte er immer die gleiche Runde durch sein Bagno, so wie sein Vater es getan hatte – und sein Großvater auch schon. Vor fünfundvierzig Jahren, als noch viel mehr deutsche Gäste gekommen waren.

»Das hier ist das älteste Bagno der Stadt, seit drei Generationen gehört es meiner Familie – hier hat schon Pinocchio seine lange Nase ins Wasser gehalten, sagt man.« Die Frau übersetzte den Witz ihren Kindern, alle lachten. »Hier hinter der Hütte sind die Umkleiden und die Duschen, hier können Sie auch Ihre Wertsachen wegschließen.« Er sprach langsam, aber die Frau schien ihn auch so gut zu verstehen, sie nickte eifrig. »An meiner Bar bekommen Sie alles, was Sie für den Tag brauchen: Strandartikel, aber vor allem natürlich den besten Caffè der Stadt. Am Mittag koche ich täglich eine Pasta für das *pranzo*, und selbstverständlich bekommen Sie auch Getränke für die Kinder – und Bier und Apéro für Sie, ganz wie Sie mögen. Hier, meine Herrschaften ...«, er drehte die Liegen um und spannte die beiden gelb-blauen Schirme auf. »Wenn Sie etwas brauchen, dann scheuen Sie sich nicht, nach mir zu winken. Ich bin dann sofort bei Ihnen. Und ich freue mich natürlich auch an der Bar auf Sie. Es ist ein herrlicher Ferragosto, die Sonne wird den ganzen Tag bei uns sein – und das Meer ist wunderbar warm. Genießen Sie es.«

Die Kinder strahlten, der Sohn fing sogleich ziemlich erfolglos an, den Schwimmring aufzupusten. Enzo lächelte ihnen noch freundlich zu, dann warf er einen Blick an die Bar. Bisher war kein weiterer Gast gekommen. Er hatte also Zeit ... Beim Rundgang hatte er versucht, einen Blick auf die Straße zu erhaschen, vergeblich. Also musste er den Umweg nehmen. Er ging zurück zu seinem Tresen und sagte zu Signor Conte: »Ich komm gleich wieder, passt du auf die Kasse auf?« Der alte Fischer schwieg beharrlich, Enzo erkannte sein Einverständnis aber an einem kaum wahrnehmbaren Nicken. So alt er auch war, der Fischer war mehr als fit – und wehrhaft. Wahrscheinlich war Enzos Kasse bei ihm in besseren Händen als in seinen eigenen.

Er bog um die Ecke und umrundete die Umkleiden und Duschen, tat kurz so, als würde er hier nach dem Rechten sehen, doch da er das routinemäßig erst vor einer Stunde gemacht hatte, fiel die Besichtigung reichlich kurz aus. Dann trat er auf die Strandpromenade, hielt die Hände auf dem Rücken und schlenderte ein Stück die Straße entlang. Enzo wusste, dass jene, die sich besonders unauffällig geben wollten, stets sofort als der Elefant im Porzellanladen ausgemacht waren – deshalb war das hier totaler Blödsinn, aber er wollte unbedingt die Tafel ...

Er blieb stehen und las, was seine Nachbarin geschrieben hatte – die junge Frau vorhin hatte die Wahrheit gesagt. Neonkreide strahlte ihn von der Tafel an.

»*Scusi*«, murmelte eine junge Frau und schob sich an ihm vorbei in den Eingang, ihr Freund folgte ihr. Na, offensichtlich war die Wirkung famos – denn bei ihm war noch gar nichts los.

»*Che cazzo*«, fluchte er, »*incredibile – questa donna*«, ja, diese Frau war wirklich unglaublich.

»*Allora*«, murmelte Enzo, »das werden wir noch sehen.«

Er ging zurück zu seiner Tafel, nahm das Stück Kreide aus der Hosentasche, das immer dort lag und nie benutzt wurde, weshalb seine Hosen aussahen wie die eines Grundschullehrers. Diesmal jedoch würde es ihm gute Dienste leisten.

Er bückte sich ein Stück und schrieb einige Worte in seiner schnörkelreichen Handschrift, bevor er sich reckte und zufrieden sein Werk betrachtete.

»*Buenissimo*«, murmelte er, warf noch einen Blick zum Bagno del Sole nebenan und verschwand wieder in Richtung Tresen.

Davide

»Ich geh mal kurz nach hinten«, sagte er und erhob sich von der Liege.

»Wohin denn?« Giulia setzte sich auf.

»Wieso das?«

»Na, ich frage, wo du hin willst.«

»Zur Bar ...«

»Aber ich hab dann die drei Kinder hier alleine, und alle wollen mit mir spielen.«

»Herrgott, ich muss pinkeln. Ist das vielleicht erlaubt?«

Sie verzog das Gesicht, und er runzelte die Stirn. Dann setzte Davide sich in Bewegung, eine kleine Verwünschung auf den Lippen. Manchmal konnte er es nicht verhindern, dass ihm einer der kleinen Flüche, die er seit Jahren für sie bereithielt, auch tatsächlich rausrutschte, es war sogar schon geschehen, dass er gar nicht bemerkt hatte, dass sie ihm laut entfleucht waren – erst als Giulia neben ihm stand und ihn wütend anfauchte: »Hast du gerade Zicke zu mir gesagt?« Er war dann ganz erschrocken gewesen und in Davide-typischer Art kleinlaut geworden, trotz mehrfacher Entschuldigungen hatte sie drei Tage nicht mit ihm gesprochen.

Sein Weg führte nicht zu den Toiletten, sondern direkt zur Bar. Ein Nicken für den alten Mann in dem karierten Sakko, der auf dem Hocker saß, der Wirt fummelte im Inneren der Hütte an der Kaffeemaschine herum. Davide drehte sich um und prüfte den Blickwinkel. Dann stellte er sich so hinter den Holzpfosten, dass er von den Liegen aus nicht gesehen werden konnte.

»Ja, Signore? Was darf es sein?«

»*Un caffè, per favore*«, antwortete Davide, dann korrigierte er sich schnell, »*no*, lieber ein Corretto, aber ein *doppio*, ja?«

»*Certo*«, sagte der Wirt und lächelte. »Stressiger Vormittag?«

»*La famiglia*«, antwortete Davide und grinste. Beide Männer nickten und schwiegen. Das Einvernehmen der schwer geplagten Hälfte der Menschheit, die doch eigentlich nur jagen, Tiere erlegen und die Kinder beschützen wollte – und jetzt nicht mal mehr pinkeln gehen durfte, ohne vorher um Erlaubnis zu bitten. Im Sitzen natürlich.

Nur der alte Mann schien nicht zuzuhören, er saß ganz still und wandte den Blick nicht vom Meer ab, sah Davide aus dem Augenwinkel. Er hätte viel dafür gegeben, auch so hier sitzen zu dürfen, den ganzen Tag, die Sonne im Gesicht, das kleine Glas Weißwein auf dem Tresen. Es war Idylle pur.

Der Wirt hatte Ahnung, er machte es nicht wie der hektische Barista in ihrer Straße, der beide Ingredienzen des Corretto in dieselbe Tasse füllte. Der hier füllte erst ein kleines Glas mit Grappa, dann drückte er das frisch gemahlene Kaffeepulver in dem Siebträger platt, spannte ihn fest ein und ließ dann das Wasser darüberlaufen, dampfend heiß. Die kleine Espressotasse stellte er auf den Tresen, das Glas daneben.

»*Grazie*«, sagte Davide. Er verzichtete wie stets auf Zucker, nahm die Tasse und trank den auf den Punkt temperierten Espresso in zwei Zügen, achtete aber darauf, dass eine winzige Menge in der Tasse blieb. Dann nahm er das Glas mit dem öligen Grappa und goss ihn in die Tasse, nahm sie und schwenkte sie, sodass sich Schnaps und Caffèreste vom Rand miteinander verbanden. Erst dann trank er den Corretto in einem Zug und schloss die Augen. Da war die Wärme der Sonne in seinem Gesicht, und plötzlich wurde er auch innerlich von einer Wärme durchflutet, noch heißer als die äußere, nein, heiß klang so unangenehm, es war ganz und gar wohltuend, und es war, als würde die Wärme jeden Teil seines Körpers erreichen. So stand er da, am Tresen, mit geschlossenen Augen, das Meeresrauschen in den Ohren – und die Welt war wieder in Ordnung.

»Wow, das hat gutgetan«, sagte er dankbar. »Was wird es denn heute geben? Zum *pranzo*, meine ich ...« Davide hatte schon wieder Hunger.

Der Wirt blickte ihn überrascht an, dann sah er auf die große Bahnhofsuhr, die über der Kaffeemaschine hing. »Eigentlich wollte ich Spaghetti mit Bottarga machen, aber mein Lieferant kam nicht.«

»*Che peccato*«, sagte Davide, er liebte den Kaviar der Meeräsche, der so gut zu salzigen Nudeln passte.

»Machen Sie sich nichts draus. Ich habe früher immer am Sonntag ein Gericht serviert, weil meine Frau es so geliebt hat. Es ist ganz untypisch für den Strand, aber meine Frau stammt ...«, der Wirt schien irgendwie aus der Fassung geraten zu sein, Davide wusste nicht so recht, was er tun sollte, er hatte gar nicht mit einer langen Geschichte gerechnet, nur mit dem Mittagsmenü, aber da fuhr der Mann hinter dem Tresen schon fort: »Na, sie stammte aus dem Lazio, und es ist ja ein Klassiker von dort, der ja eigentlich viel zu schwer ist für so einen warmen Tag, andererseits: Am Strand isst man ja auch Pommes, dachten wir damals, und so haben wir immer sonntags eine Pasta Carbonara gekocht, keine Spaghetti, nein, meine Frau nahm nur Linguine. Und ... Na ja, ich musste gerade an sie denken, deshalb werde ich es heute kochen, ihr zu Ehren.«

»Oh toll, das sind ja sehr leckere Aussichten.« Davide beugte sich über den Tresen. »Und Ihre Frau ...«

Der Wirt sah ihn als, als verstünde er nicht, aber er verstand wohl ganz genau, denn nach einer Weile nickte er.

»Ja, sie ist nicht mehr bei mir. Nicht mehr bei uns.«

»Das tut mir sehr leid.«

Enzo nickte. »Ja, mir auch. Jeden einzelnen Tag.«

Davide kramte in seiner Hosentasche, etwas betreten von diesem kurzen Gang an die Bar am Sonntagmorgen, der so ganz anders geworden war als erwartet. Etwas lag in der Luft. Er fummelte eine Zweieuromünze heraus und wollte sie gerade auf den Tresen legen, doch der Wirt schüttelte den Kopf. »Ich kann mir das alles merken«, sagte er, »also, Sie können gerne am Abend bezahlen, zusammen mit den zehn Portionen Carbonara.« Er lachte, Davide lachte, der Schmerz schien wieder abgeebbt zu sein. Nur der alte Fischer saß ungerührt wie eine Wachsfigur auf seinem Barhocker.

Mit einem breiten Lächeln auf dem Gesicht ging Davide zurück zu seiner Liege, vorbei an einem jungen blassen Mann, der sich unter einem Sonnenschirm schon vor der angenehmen Morgensonne versteckte. Die Zwillinge buddelten beseelt im Sand, Francesca hatte schon eine sehr filigrane Burg begonnen, während Fabio den Sand nur beherzt durch die Gegend warf. Von Giacopo fehlte jede Spur.

Giulia, die auf ihrer Liege lag, den Kopf in die aktuelle *Grazia* vergraben, murmelte leise: »Na, da bist du ja wieder. Längste Pinkelpause der Welt.«

»Tut mir leid, dass ich dich so lange allein gelassen habe und du die ganze Zeit mit den Kindern spielen musstest.« Er lächelte nicht mehr.

»Sehr witzig.«

»Och, komm schon, jetzt lass uns doch einen schönen Tag

verbringen. Schau mal, wie schön es heute ist. Und es ist gar nicht so voll, wie ich befürchtet habe.«

Er setzte sich zu ihr auf die Liege, legte die Hand auf ihren flachen Bauch, den er früher immer so gern geküsst hatte, und beugte sich zu ihr hinunter. Widerwillig nahm sie ihre Zeitschrift herunter, dann senkte er den Kopf, um sie auf die Wange zu küssen. Als er kurz vor ihrer hellen Haut war, nahm sie die Hand und stieß ihn weg, dann setzte sie sich auf.

»Iieeh, du stinkst. Sag mal, hast du getrunken?«, fragte sie und sah dabei fassungslos aus. »Ist es so schlimm mit mir, dass du dich um halb elf am Vormittag besaufen musst?«

Giacopo

Seine Geschwister hatten, kaum waren sie angekommen, die Schaufeln und Eimer geschnappt und losgebuddelt. Manchmal wünschte er sich, auch wieder klein zu sein. Da kamen einem selbst die langweiligsten Dinge nicht langweilig vor.

Jetzt, mit sechzehn, war einfach alles langweilig.

Oder stressig. Oder nervig. Mama und Papa waren obernervig.

Gerade war mal für fünf Minuten Ruhe gewesen, aber er wusste, dass der Rosenkrieg gleich ins nächste Gefecht ging.

Giacopo hatte Gott sei Dank eigenes Taschengeld mitgenommen, er steckte sich fünf Euro in die Tasche seiner Badeshorts und ging die paar Meter zu der Bar, die ganz okay war. Als Kind hatte ihm der Barkeeper immer Estathè geschenkt, diese kleinen Plastikpackungen Eistee mit Strohhalm, die irgendwie nach Pfirsich schmecken sollten, aber eigentlich nur süß waren, sodass alle Kinder sie liebten und sie sicher bald verboten werden würden, wie alles, was Spaß machte. Damals hatte auch der Wirt noch Spaß gehabt, dachte Giacopo, er hatte eine Frau, die hier immer rumgewuselt war und echt leckere Nudeln gekocht hatte – aber die war lange nicht mehr da, Mama hatte gesagt, sie sei gestorben. Mama war immer gut informiert.

»Na, Giacopo«, sagte der Mann. Sie waren echt oft hier, fiel ihm auf, als er genauer darüber nachdachte. Zu oft für seinen Geschmack. »Was magst du?«

»Kann ich ein Panino haben?«

»Klar. Welches?«

»Hmm«, er tat so, als ob er die Karte lesen würde, dabei wusste er es ganz genau. Aber das gehörte nun mal zum Erwachsenwerden dazu, so hatte er sich das ausgemalt: ständig entscheiden zu können und diesen Prozess der Entscheidung auch noch zu genießen. Niemand, der sagte: *Nimm nicht Kochschinken, den magst du nicht.* Leider fand Giacopo es genauso anstrengend, eine Auswahl zu haben, wie er es anstrengend fand, sich ständig entscheiden zu müssen. Er wollte einfach immer das Gleiche nehmen, so wie früher. Also sagte er:

»Kochschinken-Käse, *per favore.*«

»Klar. *Da bere?*«

Giacopo blickte kurz über seine Schulter nach hinten. Er fühlte sich sowohl von dem Wirt beobachtet als auch von dem Alten auf dem Hocker. Aber Herrgott, was machte es schon?

»Kann ich 'n Espresso?«

»*Come no! Un caffè è un panino cotto-formaggio.*«

Der Wirt drehte sich um und ging zu der Truhe, auf der die Arbeitsplatte lag. Giacopo sah ihm zu, wie er ein Panino der Länge nach aufschnitt, ein wenig Öl hineingab, dann den Kochschinken und den Käse aus dem Kühlschrank holte und bedächtig aus der Folie wickelte. Nichts hier war vorbereitet, der Mann, der Enzo hieß, jetzt fiel es ihm wieder ein, bereitete alles frisch zu. Das hatte er schon toll gefunden, als er noch ein Kind gewesen war, heute kam ihm die ganze Mühe jedoch nur noch übertrieben vor. Das alles für ein paar Leute, die eine Strandliege mieteten. Wahnsinn!

Und dann bei dieser Hitze.

In der Schneidemaschine schnitt Enzo dünne Scheiben des Prosciutto ab, dann kam der Käse dran, er nahm immer einen Provolone, der Giacopo besonders gut schmeckte.

Dann legte er reichlich von beidem in das Panino, klappte es zu, bepinselte es noch mal mit Olivenöl und schob es dann in den Kontaktgrill. Als der zuklappte, zischte es, und sofort verteilte sich der Duft von warmem Brot und schmelzendem Käse in der Hütte und bis zu ihm. Giacopo lief das Wasser im Mund zusammen. Vor der Fahrt hatte er nicht frühstücken können. Ihm war es peinlich, das zuzugeben, weil es eigentlich nur Kleinkindern passierte, aber auch ihm wurde im Auto immer schlecht. Deshalb fastete er, bevor sie irgendwohin fuhren. Und nun hatte er einen riesigen Hunger.

Er bemerkte die riesige schwarz-weiße Uhr über der Eistruhe zum ersten Mal, deshalb war er wirklich überrascht, und ihm rutschte raus: »Schöne Uhr.«

Er hatte gar nicht sprechen wollen, aber an Enzos Miene erkannte er, dass er den Nagel auf den Kopf getroffen hatte.

»Findest du? Das freut mich.«

»Ja, ich mach doch Modellbau, immer noch, und die sieht aus wie eine Bahnhofsuhr, die ich habe.«

»Es ist eine Bahnhofsuhr. Du hast vollkommen recht. Es ist die alte Bahnhofsuhr, die in der Südhalle der Genoveser Stazione Piazza Principe hing. Ich habe einen Freund, der hat dort die Sanierungsarbeiten durchgeführt – und über undurchsichtige Kanäle ist dieses Meisterstück bei mir gelandet, kannst du dir das vorstellen?« Enzos Augen strahlten.

»Cool.« Mehr fiel Giacopo nun aber auch wirklich nicht ein. Aber ja, die Uhr war cool. Er hätte gerne die gleiche auf seine Modelleisenbahn gesetzt, im Miniaturformat, versteht sich.

Enzo drehte sich wieder um, klopfte den alten Kaffeesatz aus, dann füllte er den Siebträger wieder und setzte ihn in die Maschine ein. Er drehte den Hebel, dann ließ die Maschine das kochend heiße Wasser über das Kaffeepulver laufen, in die kleine Tasse.

Giacopo hatte den bitteren Caffè nie gemocht, er hatte nun mal immer noch die Vorlieben eines Zwölfjährigen, egal ob beim Essen oder bei der Modelleisenbahn. Aber ab und zu versuchte er es nun eben doch – weil er wirklich, wirklich gerne wollte, dass ihm Caffè nun endlich schmeckte.

Er nahm die Tasse entgegen und sah, wie Enzo zum Kontaktgrill ging und – vielleicht war es Gott oder eine göttliche Fügung – jedenfalls war es genau der richtige Moment, denn gerade als er die Tasse in Händen hielt, kurz bevor er den Caffè mit einem halben Kilo Zucker trinkbar hätte machen können, sah er aus dem Augenwinkel, wie sie über die Holzbohlen an den Strand kam, er erkannte sie sofort, nicht mal an dem Bikini aus schwarzem Stoff und diesen neonpinken Streifen, wie sie seit Jahren in waren, sondern daran, dass sie ihr langes dunkelbraunes Haar in dieser lässigen Geste nach hinten strich, wie sie es immer im Klassenraum tat, und das hier wirkte wie ein »Achtung, jetzt komm ich!«. Er schaffte es gerade noch, sich mit seiner Tasse lässig an den Tresen zu lehnen und sie anzuschauen, denn als sie sich kurz umwandte und ihn sah, ihn, den sie nie auch nur eines Blickes würdigte, wahrscheinlich weil sie ihn nicht mal wahrnahm, hob sie in einer fließenden Geste den Arm, über dem das Handtuch baumelte, und machte ein kurzes Zeichen, es war ein zartes Winken, verbunden mit einem ganz unscheinbaren Lächeln, nur ein Zeichen des Erkennens – oder, dachte Giacopo, vielleicht war sie auch einfach nur mit den nackten Füßen an der Holzbohle hängengeblieben und hatte sich erschrocken.

Er musste kurz über diesen irren Gedanken lächeln, was für ein Quatsch, das war doch unmöglich, dachte er, als er beobachtete, wie sie weiterging, so grazil, und dann erschrak er, weil sie sich unvermittelt umdrehte, so plötzlich, dass er zusammenzuckte, weil er dachte, es würde gleich etwas ganz Schlimmes oder etwas ganz Schönes passieren. Doch es war nichts von alledem, ihr Blick suchte nicht ihn, sondern den Wirt, der ihr – so war es immer mit Geschöpfen wie Caetana, die Männer konnten nicht anders, sie hatten sie immer im Blick –, als hätte er darauf gewartet, dass sie noch etwas sagt oder fragt, aufmunternd zulächelte: »Ja, Signorina?«

»Kann ich?«, fragte sie und klang dabei viel schüchterner, als Giacopo es erwartet hätte. Sie vollendete den Satz nicht, sondern hielt das Handtuch hoch, als würde das alles erklären – doch für den Wirt reichte es.

»*Come no!*«, rief Enzo, »das ist der Strand – und der Strand ist doch für alle da.« Und dann winkte er ihr zu und lächelte dabei dieses souveräne Lächeln der grauhaarigen Männer, und sie lächelte zurück, und dann setzte sie ihren Weg fort, ging ganz vorne in die erste Strandreihe, noch vor die Liegen, dort breitete sie ihr Handtuch aus, ganz ruhig und säuberlich, als sei es die wichtigste Aufgabe des Tages – und Giacopo konnte gar nicht anders, ihm fiel es selbst auf, wie unangenehm das war, aber er konnte den Blick nicht von ihr lösen – und als sie fertig war, stand sie auf, diese Aufgabe hatte sie wie eine längst erwachsene Frau gelöst, doch nun wechselte sie die Rolle, wurde wieder zum Mädchen, dachte er, als er sah, wie sie losrannte die paar Schritte bis zur Wasserkante und dann mit einem gewaltigen Satz in das warme Meer sprang.

Alberto

»Ich weiß nicht, Signore, vielleicht mache ich es auch falsch, aber können Sie mal kommen?«

Der Wirt sah ihn an wie einen Außerirdischen, fand Alberto, er fand das unhöflich, schließlich zahlte er hier – und zwar nicht zu knapp. Aber schließlich trat er dann doch seufzend hinter seinem Tresen hervor. Alberto ging voran bis zu seiner Liege, Felice cremte sich auf ihrer gerade mit Sonnencreme ein. Sie sah hübsch aus wie immer mit ihrem schwarz-weißen Bikini. Er aber hatte andere Sorgen.

»Hier«, sagte er und klappte die Sonnenblende seiner Liege herunter, sodass sie ein Quietschen von sich gab. »Das ist nicht nur, wenn ich das bewege, sondern auch, wenn der Wind weht. Und das ist doch wirklich laut, oder?«

Der Wirt sah ihn fragend an. »Aber heute ist doch kein Wind.«

»Aber ich möchte nicht aufwachen, wenn nachher Wind kommt.«

»Gut. Möchten Sie dann eine andere Liege nehmen?«

Alberto blickte zwischen Felice und dem Wirt hin und her, doch seine Freundin sah demonstrativ in die andere Richtung.

»Ehrlich gesagt nein, Signore, ich hätte gerne dieselbe Liege wie immer. Vor einer Woche hat die ja noch nicht geknarzt.«

Er spürte, wie der Wirt sich zusammenriss, dann sagte er leise und freundlich: »Gut, Signore. Ich komme gleich mit etwas Öl, vielleicht ist es aber auch nur ein Sandkorn, das ins

Gewinde gekommen ist. Ich kümmere mich, ja? Schließlich will ich ja, dass alle hier zufrieden sind.«

»*Grazie*, Signore«, antwortete Alberto. »Das ist sehr freundlich.«

Der Wirt verschwand, und er begann mit dem sonntäglichen Ritual der Vorbereitung. Er breitete das blau-rote Strandtuch aus, sehr gerade, sehr genau, sehr ordentlich, dann nahm er das kleine Kissen, das er immer mitnahm. Er zog die Liege ganz nah an den Zaun, so hatte er den Strand im Blick, aber niemand konnte hinter ihm auftauchen oder langlaufen. Schließlich zog er den Sonnenschirm genau in die Richtung, dass er von jetzt bis zum Mittag Schatten spenden würde. Es war schon sehr warm, wärmer als am Ferragosto letztes Jahr. Am Nachmittag würde es hier brütend heiß werden, sechsunddreißig, siebenunddreißig Grad sicher.

Er hatte den Lärm gehört, bevor er sie sah. Sie waren früh dran. Es dauerte keine drei Sekunden, da bogen die beiden kleinen Kinder um die Ecke, der Junge hielt einen Schwimmreifen in Form eines Krokodils in den Händen. Dahinter lief der Teenager, wie immer mit mürrischem Gesichtsausdruck, ganz so, wie Alberto damals auch gelaufen war, er konnte sich gut an diese Zeit erinnern. Damals hatte alles angefangen.

Ganz zum Schluss kamen die Eltern, mit gehörigem Abstand gingen sie zur Bar, die Mutter hatte einen roten Kopf. Gleich würden sie die Liegen nehmen, die vorne am Strand standen, so war wenigstens etwas Platz zwischen ihnen.

Er wollte immer hier an diesen Strand und an diesen Platz, so nahm er den Lärm der Kinder in Kauf. Felice wischte auf ihrem Handy herum. Sie sah ihn fröhlich an.

»Du hattest doch noch gar keinen richtigen Urlaub dieses Jahr – und ich würde so gern nicht immer nur mit meinen Freundinnen wegfahren.« Sie sagte es ganz sanft und ganz freundlich, völlig ohne Hintergedanken, so schien es. Ihr Gesichtsausdruck war so euphorisch, mit diesem Ausdruck liebte er sie am meisten. »Im Herbst ist es auf Sansibar noch superwarm. Und hier ist ein total tolles Angebot, zwei Wochen, erst im Hotel und dann noch ein paar Tage in einem Baumhaus im Dschungel, mit der neuen Airline, voll günstig. Was meinst du? Du musst doch noch alle dreißig Urlaubstage haben.«

Alberto sah sie an, sein Gesicht musste aussehen, als hätte er große Schmerzen. »Ach, Felice, du weißt doch, im Herbst wollen alle meine Firmen noch neue Projekte und Websites programmiert haben, da kann ich nicht zwei Wochen weg. Und Sansibar – na ja, also, das ist ja dann vielleicht doch eher ein Lockangebot, und dann sitzt man da in so einer Bettenburg rum – ich … Lass uns später noch mal drüber reden, okay?«

Er sah, wie sie sich enttäuscht abwandte und ihren Ärger herunterzuschlucken schien. »Okay«, sagte sie leise. Aber er wusste, dass sie wusste, dass er nie wieder davon anfangen würde – und sie würde es auch nicht tun. Sie würde die Reise buchen und mit Aurora fliegen oder mit Giselle – und dann … Na ja, es würde ja eh irgendwann passieren.

Mezzogiorno
Mittagszeit

Signor Conte

»Hast du eigentlich viel gefangen heute Nacht?«

Gerade hatte er sein zweites Gläschen Weißwein ausgetrunken und stellte es auf den kleinen Teil der Bar, der am Sonntag sein Reich war. Deshalb putzte der alte Fischer alle zehn Minuten den Edelstahl mit einer Serviette ab. So war der Rest der Bar mit kleinen Wasserflecken bedeckt oder mit einem Hauch Strandsand, der halbe Quadratmeter des Signor Conte aber glänzte von morgens bis abends vor Sauberkeit.

Enzos Frage war überraschend gekommen, er war heute wohl in Plauderlaune, auch wenn der Wirt doch wissen musste, dass Beppe nicht sprach.

»Hmm«, murmelte er deshalb nur, auch um jeglichen Ansatz für ein Gespräch zu vermeiden. Er wollte nicht reden, er wollte hier sitzen und beobachten und warten. Er musste warten.

»Doradenzeit? Oder ist es gerade Steinbutt?«

Enzo sah ihn kurz an, dann trat er wieder an das Brett, das auf der Eistruhe stand. Wenn elf Uhr durch war, dann gab es für eine Stunde kein Eis mehr in der Strandbar. Denn die Truhe war belegt, sie war nun der Ort, an dem das Mittagessen bereitet wurde. Kenner und Stammgäste gingen nur bis Punkt elf an die Bar, um noch schnell den letzten Cappuccino des Tages zu trinken oder den ersten Apéro des Mittags. Ab elf aber wurde Enzo vom Barista zum Koch.

»Seeteufel«, murmelte Giuseppe Conte beiläufig. Enzo sah ihn kurz an, als hätte er die Frage längst vergessen, dann aber nickte er. »Ich mag Seeteufel«, sagte er leise. »Sara hat ihn auch sehr gemocht.«

Er ging zum Kühlschrank und holte ein kleines Päckchen heraus. Dann öffnete er es und legte den großen Brocken Guanciale auf das Brett.

»Der Beste«, sagte er leise und strich über die Pfefferkruste des Schinkens. »Der sieht toll aus, oder?« Enzo sprach mehr mit sich selbst als mit ihm, so kam es Conte immer vor. Andererseits: Warum sollte der Wirt auch auf eine Antwort warten, die er ohnehin nicht bekam? Ja, auch Giuseppe Conte mochte den Schinken, der aus dem Latium stammte und so perfekt zu der Pasta passte, die es heute gab. »Ich hab ihn letzten Monat aus Amatrice bekommen, Saras Familie kennt dort immer noch einen Bauern, der in der Scheune schlachtet und die Schweinebacken zu Guanciale verarbeitet. Der Bauer lässt den Schinken sechs Monate reifen, nicht nur einen wie sie es mit dem machen, den man im Supermarkt kriegt. Er ist so würzig, einfach perfekt. Wenn ich einen anderen Schinken nehmen wollte für die Carbonara, dann hat Sara mich mit nassen Lappen beworfen.«

Conte sah Enzo zu, wie er, ein leichtes Lächeln auf dem Gesicht, den fetten Speck in kleine Streifen schnitt, um sie dann anschließend zu würfeln, und dabei erzählte.

Der alte Fischer hätte gern noch einen Weißwein getrunken, aber er wollte Enzo nicht stören – nicht jetzt beim Kochen. Aber noch viel weniger in seinen Gedanken.

Er wusste von alldem. Weil er dabei gewesen war, die ganze Zeit. Ein stiller Beobachter der großen Tragik dieses Mannes, der so charmant war, so ein Tausendsassa, ein Mann, der Antworten auf alle Fragen des Lebens zu haben schien. Er war genau so, wie Signor Conte gern gewesen wäre. Damals, zusammen mit Sara. Die beiden hatten geheiratet und den Bagno Azzuro von Enzos Eltern übernommen. Es war perfekt gewesen, Enzo bezirzte die Gäste, während Sara kochte und ihrerseits Enzo bezirzte. Das Strandbad war das beste des Ortes gewesen, eine Oase der Fröhlichkeit, der langen Abende und der gepflegten Küche. Bis das Leben über diesen Ort gekommen war. Das wahre Leben.

Der Krebs war in einem Frühling diagnostiziert worden. Am Beginn des Lebens. Ausgerechnet. Genau zu dem Zeitpunkt, als alle Pflanzen zu blühen begannen, als die Natur in diesem Teil Italiens explodierte. Die Menschen waren wieder zum Strand gekommen, nach dem langen Winter. Doch das Bagno blieb verlassen. Sara wurde schnell in die Klinik eingeliefert, und Enzo war bei ihr gewesen, die ganze Zeit. Tag und Nacht. Während die Strandbäder ringsum ihre Schirme geöffnet hatten in ihrem bunten Farbenspiel, war der Sommer am Bagno Azzuro vorbeigezogen, alles hochgeklappt, keine spielenden Kinder, kein fröhliches Lachen. Nur das Blau und das Gelb auf den umgedrehten Liegen war eine Spur blasser geworden, weil kein Liegender die Farben geschützt hatte.

Enzo hatte an Saras Bett gewacht. Der alte Signor Conte hatte ihn nur in manchen Nächten nach Hause eilen sehen, als er selbst gerade das Boot zur Ausfahrt auf das Meer bereitmachte. Eine halbe Stunde später trat Enzo aus seiner Wohnung, von der aus man sein Bagno überblicken konnte, er hatte frische Sachen an und war wieder ins Krankenhaus gerast.

Sara starb in der zweiten Augustwoche, in einer Vollmondnacht. Das ganze Städtchen hatte die Totenglocke gehört in jener Nacht – und Giuseppe Conte würde ihren Klang nie vergessen. Am darauffolgenden Sonntag – es war Ferragosto, wie in diesem Jahr – war Enzo morgens wieder an den Strand gekommen und hatte das Bagno aufgeschlossen. Giuseppe hatte ihn gesehen, als er seinen Fang entlud. Er hatte sich diesmal nicht nach Hause aufgemacht, um sich umzuziehen, sondern war direkt in das Strandbad gegangen. Enzo hatte sich wortlos umarmen lassen, dann hatte er Giuseppe seinen Hocker wieder hingestellt. Der hatte dabei zugesehen, wie der Wirt stumm Saras Foto aus der Tasche geholt und unter den Tresen gestellt hatte, so versteckt, dass nur Enzo es sehen konnte. Aber Signor Conte wusste, dass es da war. Und er wusste auch, wohin der Wirt sah, wenn er in der Hütte herumging, etwas suchte, einen Flaschenöffner – oder einfach nur Halt –, ein Lächeln in der Einsamkeit.

Nein, Enzo war nicht einsam, das stimmte nicht. Er sprach mit jedem, er liebte die Menschen. Einsame Menschen waren mit niemandem im Reinen, nicht einmal mit sich selbst. Conte wusste das. Er konnte als einsamer Mann gelten.

Enzo aber war mit sich im Reinen. Er war witzig, eloquent, erfüllt von seinem Beruf. Aber er war allein. Ein Mann, der seine große Liebe verloren hatte.

Seitdem hatte der Wirt an jedem Tag zwischen April und Oktober sein Bagno geöffnet, hinter dem Tresen gestanden, die Liegen abgefegt und mittags eine vorzügliche Pasta gekocht.

Und Giuseppe war jeden Sonntag bei ihm gewesen. An anderen Tagen kam er nur auf einen Caffè am Morgen, wenn er das Boot an Land gezogen und den Fang an seinen Händler übergeben hatte. An Sonntagen aber kam er und blieb – den ganzen Tag.

Enzo gab gerade den Guanciale in die gewaltige Pfanne, in der sie in Spanien auch eine Paella kochen würden. Er gab nur einen winzigen Schuss Olivenöl dazu, der Speck hatte genug

Fett. Er drehte die Gasflasche auf und entzündete die Herd-platte, Giuseppe konnte die Wärme, die sich schnell ausbreite-te, bis zu sich spüren.

Währenddessen rieb Enzo einen riesigen Laib Parmesankäse. Natürlich Parmesan. Gegen das Gesetz war das. Aber Giu-seppe konnte sich erinnern, dass Sara es immer entschieden abgelehnt hatte, Pecorino zu benutzen. »Schmeckt viel zu sehr nach Schaf«, hatte sie gesagt, »ich liebe Pecorino – auf Brot –, aber wer will schon Eier und Pasta mit Schaf essen?«

Also gab es die Pasta im Bagno Azzuro mit Parmesan, und niemand hatte sich je beschwert.

»*Eccolo!*«, rief Enzo, als er das erste Ei aufgeschlagen und das Gelbe vom Weißen getrennt hatte. Dreißigmal wiederholte er den Vorgang, die Eigelbe kamen alle zum Käse – es war Fer-ragosto, da würden locker einhundert Leute kommen, nicht nur aus diesem Bagno, die Qualität von Enzos Pasta hatte sich im ganzen Städtchen rumgesprochen. Selbst Alteingesessene, die ein anderes Bagno bevorzugten, packten am Mittag ihre Sachen in einen Spind und kamen dann im Bikini ins Bagno Azzuro – zum Ärger der anderen Badbetreiber. Besonders mit Enzos Nachbarin Berta gab es ständig Knatsch, die Bagnina hatte dauernd neue Ideen, um Enzo Gäste abzuwerben, es war ein Kleinkrieg, ein echter Nachbarschaftsstreit – und zwar seit drei Generationen. Schon Enzos Großvater hatte mit Bertas Opa Streit um die genaue Grundstücksgrenze und darum, wer welche Biermarke anbot und wer welche Pasta an welchem Wochenende servierte.

Das Wasser brodelte in dem riesigen Topf auf der zweiten Gasflamme, und Enzo gab aus einer riesigen Packung die Lin-guine hinein.

»*Allora*«, sagte Enzo leise, »na, dann kann es ja gleich los-gehen.«

Er nahm das leere Glas vom Tresen, griff die Flasche aus dem Kühlschrank und schenkte Giuseppe ein frisches Glas ein. »*Scusa caro*, ich hab es nicht gesehen.«

Signor Conte nickte und sagte leise: »*Grazie.*«

»Siehst du das Paar? Ich beobachte die jetzt schon seit Wochen.«

»Hmm«, murmelte Conte.

»Sie ist wirklich sehr attraktiv«, sagte Enzo, »und er sieht auch sehr gut aus. Eigentlich passen sie also gut zusammen, aber ...«, er schüttelte lange den Kopf, »sie ist so offen, und er liest den ganzen Tag diese alten Schinken da.«

Signor Conte wendete den Kopf und sah, wie der junge Mann tatsächlich in einem alten und sehr dicken Buch las, unter dem weit aufgespannten Sonnenschirm, komplett verborgen, ganz in der Ecke des Bagno. Seine Freundin saß währenddessen auf dem Rand ihrer Liege und beobachtete die zwei kleinen Kinder, die im Sand saßen und buddelten, während der Vater auf seiner Liege schlief. Der Corretto wirkte wohl schon.

»Na ja, vielleicht ist das ja etwas Besonderes zwischen den beiden«, sagte Enzo abschließend, fischte eine Nudel aus dem Topf und kostete. »*Una minuta*«, murmelte er.

Ja, es war eine abschließende Bemerkung, dachte Giuseppe. Er war nun schon so lange der schweigende Konterpart des Wirts, dass er jede seiner rhetorischen Ausschweifungen, seiner Gedanken, seiner Ideen über Gott und die Welt kannte – und doch immer wieder überrascht wurde. Enzo war der Philosoph des Strandes.

Nun aber nahm der Wirt den krossen Speck aus der Pfanne und legte ihn auf ein Tuch, damit das Fett abtropfte. Dann wuchtete er den Topf zur Spüle und goss die Nudeln ab, all die Kilo Linguine, achtete aber darauf, dass etwas Nudelwasser im Topf blieb. Sofort gab er den Speck dazu. Schließlich nahm er die große Schüssel mit der Eigelb-Käse-Mischung und schüttete alles obendrauf. Es zischte, so heiß waren die Ingredienzen, und genau das war auch das Geheimnis: Hier wurde das Ei natürlich nicht gekocht, durch die Wärme der Nudeln stockten Eigelb und Käse sofort und verbanden sich zu einer leichten und himmlischen Soße. Enzo nahm die Pfeffermühle und mahlte fast zwei Minuten lang schwarzen Pfeffer in den Topf, es musste richtig dunkel und scharf sein.

»*Pronto!*«, rief er, dann hielt er die Nase über den Topf. Auf seinem Gesicht stand ein reines Strahlen. »*Delizioso*«, sagte er leise, als der Geruch ihm in die Nase stieg. Dann erst ging er zu der Glocke, die neben dem Kühlschrank hing, und schüttelte sie einmal. Nur ein Gong. Wer Hunger hatte, würde es hören. Wer nicht, der hatte seine Pasta auch nicht verdient.

Außerdem war es zwölf Uhr. *Mezzogiorno.* Enzo würde nie die Zeit fürs Mittagessen verpassen.

Signor Conte lief schon das Wasser im Mund zusammen. Auch wenn er immer noch nicht so richtig den Blick vom Strand lösen konnte.

Giulia

»Mama!«, rief Francesca, »guck mal da, der grüne Schleim.«

Sie zeigte in Richtung Bar, und Giulia wusste natürlich, was sie meinte.

»Nein, Chérie, kein Slushy, das ist echt blöd für die Zähne.«

»Aber ich will!«, rief Francesca und fing sofort an zu weinen. Fabio saß neben ihr und zeigte auf einmal auch auf die grüne Masse, die sich genau in Sichthöhe auf dem Tresen der Bar in der lustigen Maschine drehte. »Ich will Grün!«, rief Fabio unter Tränen. Auf die Zwillinge war Verlass.

»Nein, echt nicht«, sagte Giulia. »Schluss jetzt. Ihr könnt nachher ein Eis haben.«

»Ich will Grün!«, rief Fabio wieder, während Francesca nur weinte.

»Wenn ihr nicht aufhört, dann kriegt ihr auch kein Eis«, sagte sie streng. Es dauerte keine drei Sekunden, da hatte Francesca ihr Weinen aufgegeben und wischte sich die Tränen aus dem Gesicht, während Fabio noch immer mit offenem Mund die sich drehende, grüne Masse beobachtete.

»Echt? Wäre das so schlimm?«, fragte Davide plötzlich, als ob er das Ende des Dramas noch einmal abwenden wollte – und Giulia überlegte postwendend, ob sie seinen Kopf gleich in die Drehmaschine stecken sollte.

»Ja«, zischte sie, »das wäre so schlimm. Meinst du, ich verbiete Giacopo die ersten zehn Jahre seines Lebens, so einen

Scheiß zu trinken, nur um den Zwillingen zu erlauben, sich schon mit zweieinhalb die Zähne damit kaputt zu machen und noch dazu die halbe chemische Industrie Italiens zu unterstützen? Sicher nicht.«

»Aber …«, wollte Davide beginnen, sah jedoch ihren Blick und zog die Worte gerade noch zurück.

»Aber wenn du möchtest, könntest du dich ja mal nützlich machen und Nudeln holen«, sagte Giulia, »was meinst du? Habt ihr Hunger, Kinder?«

Felice

»Ich hol mir was zu essen. Alberto, magst du heute nicht auch etwas? Der Speck duftet ja bis hierher.«

»Ich hab mir ein Ciabatta gemacht«, sagte er, ohne von der Liege aufzusehen. Sie betrachtete ihren großen und schlanken Freund, dessen Haut so hell war, auf die sich jetzt aber das tiefe Dunkel des kühlen Schattens gelegt hatte.

»Aber das Ciabatta ist doch schon labbrig, lass uns doch zusammen die Pasta essen.«

Irgendwie war ihr heute danach, die Dinge mal auszudiskutieren. Ihr Eifer schien jedoch an ihm abzuprallen. »Nein danke. Ich bleib beim Ciabatta. Eh zu warm für eine heiße Pasta.«

Sie stand aus der Sonne auf, sie warf keinen Schatten, Mittagszeit, Gluthitze. Sie liebte es. Sie liebte das alles hier, auch wenn sie gerne mal mit ihren Freundinnen den Sonntag verkatert in deren WG verbracht hätte – so wie früher, kurz bevor sie Alberto kennen- und lieben gelernt hatte. Doch als sie ihn vor drei Wochen mal wieder gefragt hatte, ob er mit zu einer WG-Party kommen wolle, hatte ihr Freund wie immer abgewinkt.

»Du weißt doch, wie stressig die Arbeitswoche immer ist, ich will nicht sonntags mit Kopfschmerzen auf der Couch abhängen. Ich will an den Strand. Außerdem finde ich Aurora echt so anstrengend mit ihrer lauten Stimme – und immer trinkt sie so viel. Du bist so anders, wenn du mit denen zusammen bist.«

Sie war verletzt gewesen und hatte gerade etwas erwidern wollen, aber da hatte Alberto schon die Tür geöffnet und war in seinem Arbeitszimmer verschwunden. Er arbeitete immer von zu Hause, und dieses Zimmer war wie seine Burg. Sie hatte ihn nicht wieder gefragt. Sondern entschieden, dass sie im Herbst mal wieder eine WG-Party besuchen würde – mit oder ohne ihn.

Sie beobachtete die Reihen um sie herum, die nette Familie vorne am Strand, den leeren Liegestuhl links davon, aber auch das sehr hübsche Mädchen, das vorne im Sand auf seinem Handtuch lag und sich von der Sonne trocknen ließ. Als es vorhin aus dem Wasser gekommen war, war Felice aufgefallen, wie dünn das Mädchen war. Der Anblick der Rippenknochen hatte ihr einen Stich versetzt. Vielleicht sollte sie nachher mal mit ihr sprechen – andererseits: Hätte sie es hilfreich gefunden, wenn jemand sie vor zehn Jahren einfach auf ihre Essstörung angesprochen hätte? Wahrscheinlich hätte sie sich einfach wütend abgewandt.

Felice ging zur Bar, vor ihr trug der Vater der Familie gerade ein Tablett mit drei Tellern von dannen, sie nickte ihm freundlich zu, aber er schien ganz abwesend zu sein.

»Ah, Signora, hungrig?«, fragte der freundliche Wirt.

»Und wie. Es riecht so toll.«

»Zwei Portionen?«

Sie sah ihn kopfschüttelnd an.

»Eine. Wie immer.«

»Ach, der Signore mag einfach meine Pasta nicht, das ist es. So schade.«

»Nein, das ist es nicht. Er mag einfach in der Hitze nichts essen«, antwortete Felice. Sie sah, wie der Wirt den großen Topf öffnete und roch den Duft, der herausströmte. Er nahm eine Zange und gab die Nudeln auf einen tiefen Keramikteller, dann nahm er noch einen Löffel und tat etwas krossen Speck dazu, bevor er ihr ein wenig frisch geriebenen Parmigiano darüberstreute.

»Einmal *Carbonara alla Sara*!«, rief er und reichte ihr den Teller über den Tresen. »Wasser dazu?«

»Ich habe noch, danke.«

»Ich schreibe es auf Ihren Zettel, einverstanden?«

Sie nahm den Teller und trug ihn zu ihrer Liege, die sie als Tisch nutzte, sie selbst setzte sich aber in den Sand. Sie rollte die gelb schimmernden Linguine auf die Gabel, die so fein mit Soße benetzt waren, dann nahm sie ein wenig Speck und kostete. Es war heiß und kraftvoll, ein Essen, dass eigentlich wirklich nicht zu diesem Wetter passte, aber trotzdem – oder gerade deswegen – einfach perfekt war. Das Ei war nicht gestockt, sondern gab eine glänzende Creme, dazu der gemahlene schwarze Pfeffer, die Pasta war exakt sechs Minuten gekocht, der Kern hatte noch diesen angenehmen Biss, der einen Profi- vom Hobbykoch unterschied.

»Hmm, ist das gut«, murmelte sie, doch Alberto ließ die Augen geschlossen. Entweder er war eingeschlafen oder …

Keine Ahnung. Sie hatte vor einer Weile aufgegeben, sich in seinen Kopf hineinzuversetzen.

Wirklich. Sie liebte ihn. Noch immer. Sie verstand nur nichts von dem, was er tat, sagte und – vor allem – was er unterließ.

Jeden Spaß am Leben vermied er. Und sie wusste nicht, wie lange sie das noch aushalten würde.

Giulia

»Boah, ist das gut«, murmelte Giulia und nahm eine letzte Gabel voll, achtsam, dass auch ja keine Nudel oder ein Stück krossen Specks auf dem Teller verblieben. »*Incredibile*, selbst bei dieser Hitze ist das 'ne Wucht.«

»Ja, echt gut«, antwortete Davide, der schon seit zehn Minuten fertig war. »Ich geh mich abkühlen.«

»Jetzt? Direkt nach dem Essen?« Sie blickte zu den Zwillingen. Francesca saß neben ihrer Liege im Sand, von dort hatte sie sich seit ihrer Ankunft auch nicht wegbewegt. Sie hielt ihre Schaufel in der Hand, die anderen Finger waren im Sand vergraben, und sie sah sehr glücklich aus. Während Fabio halb im Sand und halb auf der Liege lag und dabei war, wieder einzuschlafen. Ein Phänomen, dieser Junge.

»Mir ist so heiß«, murmelte Davide.

»Na, dann mal los«, sagte Giulia und setzte ein Lächeln auf. Mit einem Satz war er auf den Beinen und ging in Richtung Wasserkante.

Sie stellte ihren Teller in den Sand und ließ sich zurück auf die Liege sinken. Giulia schloss die Augen und atmete tief durch. Sonntag. Noch ein paar Stunden Schonfrist.

Sie reckte sich einmal der Sonne entgegen, spürte dabei ihren schmerzenden Rücken. Ein wenig Yoga würde ihr guttun. Gleich würde sie aufstehen, um sich einen Espresso zu holen. Die Zwillinge spielten so schön. Aber – konnte sie es riskieren?

Sie beobachtete kurz Francesca, die nicht zu ihr herübersah, dann faltete sie die *Grazia* auseinander, nahm das Handy und legte es in die geöffnete Zeitung, sodass niemand sehen konnte, wie sie ihre Mails las.

Sie schirmte ihre Augen vor der Sonne ab, sie brauchte dringend Schatten, aber braun werden musste sie auch – schließlich war übermorgen schon der Termin, zu dem sie vor dem versammelten Vorstand … Jetzt bloß nicht dran denken, schalt sich Giulia.

Sie öffnete Outlook, die letzte Mail war vom Freitag. Konnte nicht sein. Sie synchronisierte das Programm, und gerade als das Handy wieder Empfang hatte, ergoss sich ein Schwall von Nachrichten über das Display. Sie schloss die Augen wieder, diesmal aber nicht genüsslich. Jede Einzelne davon würde sie lesen und immerhin jede vierte oder fünfte bearbeiten müssen, morgen schon, dabei hatte sie am Dienstag doch diese wichtige Präsentation, die sie morgen vorbereiten musste – also besser, sie machte es jetzt.

Sie fing an, las die erste E-Mail, die Bewegung mit den Zeigefingern so routiniert, dass es sie für einen Moment an Francesca erinnerte, aber auch sie selbst hätte wohl lieber im Sand gewühlt.

»*Merda*«, murmelte sie, was für eine Idiotie, sie hatte doch genau diese Frage am Freitagnachmittag noch beantwortet, nur damit ihr Chef sie am Abend nach zweiundzwanzig Uhr noch einmal stellte, nur in anderen Worten. Daraufhin hatte ihre Kollegin, die keine Kinder hat, am Samstag um zehn darauf geantwortet, sehr geflissentlich, mit Paragraphen und einer kleinen Pointe am Schluss. Da hatte Giulia selbst gerade Fabios Erbrochenes weggewischt. Davide hatte am Abend zuvor wieder viel mehr Curry ins Hühnchen gemacht, als ein Zweieinhalbjähriger vertrug, und sie durfte die Misere ausbaden.

»*Cazzo.*« Wieder sah sie schnell zu Francesca doch die Kleine war wie ein Fels in der sandigen Brandung. Schnell schloss sie die E-Mail wieder, darauf würde sie nicht am Strand antworten können, es war einfach zu kompliziert. Die Finger scrollten weiter, Giulias Augen überflogen die Mails, sie las, so schnell sie konnte – und sie konnte wirklich rasend schnell lesen.

Sie machte sich hier einen Vermerk, legte die vierte Mail auf Wiedervorlage in ihrem Kopf und schrieb auf zwei weitere schnell »Okay« und ein freundliches »Mach ich am Montag«.

Sie wischte weiter, doch auf einmal stockte sie. Scrollte zurück. Da war eine Nachricht von Paulo Zubieta, die eigene Kategorisierung zeigte die Mail in Rot an, sie war also exklusiv für sie.

Warum sollte der Chef aus der Zentrale in Madrid ausgerechnet ihr schreiben? Sie öffnete die Nachricht mit zitternden Fingern und las sie ganz langsam.

»*Verehrte Signora Gialli, wir sind uns erst zweimal in Rom begegnet, ich finde Ihre Ansätze sehr interessant und bin gespannt auf Ihren Vortrag am Dienstag. Ich fliege am Abend nicht nach Madrid zurück, vielleicht finden wir ja Gelegenheit für einen Apéro – oder ein Abendessen ☺.*«

Sie spürte, wie ihre Stirn zu glühen anfing. Giulia sah nach rechts und links. Sie fühlte sich ertappt, ohne ertappt worden zu sein. Nichts war passiert – außer dass Fabio mittlerweile ganz in den Sand abgerutscht war und dort seelenruhig weiterschlief. Jemand müsste ihm dringend den Sand vom Mund wischen.

Verdammt. Damit hatte sie nicht gerechnet.

Sie beschloss, gleich darüber nachzudenken. Erst mal las sie die nächste E-Mail und die übernächste. Es war so viel zu tun, dabei hatte sie gar keine Zeit. Nicht dafür. Und nicht für ihre Familie. Weil sie ständig das Gefühl hatte, sich zu zerreißen.

Francesca und Fabio hörten von ihr ständig nur: *Gleich spiele ich mit euch. Ich muss nur noch kurz das hier machen/lesen/beantworten. Könnt ihr noch kurz warten, bitte? Herrgott, was hast du denn jetzt wieder ausgekippt? Und ich muss es wieder wegmachen, dabei muss ich dringend ...* Während Giacopo gar nichts von ihr hörte – und sie nichts von ihm. Weil er unbemerkt von ihr in der Pubertät angekommen und sie vielleicht sogar schon wieder hinter sich gelassen hatte. Sie sah ihn höchstens zu den Mahlzeiten – ach was, vielleicht zu einer Mahlzeit am Tag. Er hätte einer Sekte oder einem Drogenclan beigetreten sein können, ohne dass sie es bemerkt hätte. Und dann war da noch der arme Davide, der ihre schreckliche Laune ausbaden musste.

Andererseits tat er auch nichts dafür, dass es ihr besser ging. Gar nichts. Davide war ein Beamter, wie er im Buche stand. Bei der Finanzverwaltung, der Guardia Finanza, ging er einer gechillten Fünfunddreißigstundenwoche nach. Leider ohne Uniform. Sie liebte Uniformen. Als sie vor so vielen Jahren, dass es ihr inzwischen wie eine Ewigkeit vorkam, miteinander ausgegangen waren, in Turin, da hatte Davide beim ersten Treffen gesagt, dass er für die Guardia Finanza arbeitete. Damals war er noch kein Bürohengst gewesen, sondern in einem Land Rover Defender durch Turin gefahren, in Uniform. Dieser dunkelgrünen. Mit der schmissigen Mütze auf dem Kopf. Sie hatte seine Sanftheit gemocht und seine klugen Augen. Aber es hatte sie so angemacht, dass er Uniform trug und die Staatsmacht verkörperte. Dieser große, schöne Mann.

Seitdem war er um zwei Gehaltsklassen nach oben gerutscht, im Zusammenhang damit aber leider auch um zwei Gewichtsklassen. Bei Männern ging das ja häufig Hand in Hand. Wobei nur Letzteres garantiert war.

Heute verließ Davide an jedem Wochentag um sieben Uhr dreißig das Haus, um in sein Büro zu gehen. Dort blieb er dann bis fünfzehn Uhr oder noch länger, um nach Hause zu kommen und auf der Couch zusammenzubrechen. Alles war so stressig, so anstrengend, so ermüdend für ihn, er jammerte über die Mengen an Arbeit, über seine Kollegen, über seine Chefin. Fünfunddreißig Stunden. Da konnte sie nur lachen. Wie war es möglich, dass er sich so wichtig nahm?

Sie arbeitete fünfzig, hatte aber E-Mails für siebzig Arbeitsstunden pro Woche. Und schmiss trotzdem noch den Haushalt. Mehr schlecht als recht natürlich.

Und sie war nicht mal mehr müde, sie war so erschöpft, dass sie gar nicht aufhören konnte, aufs Handy zu sehen. Manchmal wachte sie nachts um zwei auf und beantwortete E-Mails, stellte die Sendezeit aber auf acht Uhr morgens, damit niemand dachte, sie sei verrückt geworden – eine Irre, die nachts um halb drei ellenlange Mails verschickt.

Giulia nahm ihr Handy wieder in die Hand. Sie hatte ein Viertel der Mails von Samstag gelesen. Sie scrollte weiter, dann stoppte sie. Sie spürte einen Blick. Seinen Blick. Davide stand bis zu den Unterschenkeln im Wasser und sah sie fragend an.

Davide

Schon wieder. Wann immer er sie sah, schrieb sie. Wem schrieb sie? Verdammt noch mal. Er war kein eifersüchtiger Mann, ganz und gar nicht. Jede Frau vor Giulia hätte das bestätigt. Aber das hier war Giulia. Seine Giulia.

Auch wenn er nicht wusste, ob sie das *seine* noch unterschreiben würde.

Neulich war er einmal nachts um zwei aufgewacht, weil sein eigenes Schnarchen ihn geweckt hatte. Als er die Augen aufschlug, hatte er den blauen Lichtschimmer an der Zimmerdecke gesehen. Er hatte sich langsam umgedreht und dabei geschmatzt, um so zu tun, als ob er schlafen würde. Mit fast zusammengekniffenen Augen hatte er beobachtet, wie sie verbissen geschrieben hatte. Eine lange, sehr lange Nachricht. Ab und zu hatte sie gelächelt.

Verdammt. Wenn seine Frau nachts lange Nachrichten schrieb, was konnte es denn anderes bedeuten, als dass sie schon ein sehr weites Stück von ihm entfernt war?

Sie schafften es nicht mehr, miteinander zu reden, ohne zu streiten. Sie schafften es nicht, sich zusammen auf etwas zu freuen. Und miteinander zu schlafen – das schafften sie schon lange nicht mehr.

Wenn er daran dachte, wie alles begonnen hatte ...

Er konnte sich noch an ihr Kleid erinnern. Die anderen Mädels in Turin hatten zu der Zeit alle das Gleiche an: kleines

Schwarzes, schreckliche High Heels, er hatte regelrecht Angst vor ihnen. Giulia hatte er bei einer Party von Freunden kennengelernt, sie trug ein weißes Tanktop und Jeans, dazu Ballerinas und schien gerade vom Strand gekommen zu sein, so wild, wie ihr Haar aussah. Sie verzogen sich in die Küche, tranken warmen Weißwein und kalten Tee und knutschten nach einer halben Stunde miteinander. Sie hatte ihn gebeten, sie zu ihrem ersten Date direkt von der Arbeit kommend abzuholen, sodass er noch seine Uniform trug. Er hatte sie für verrückt erklärt, es aber trotzdem getan. Ihr erstes Mal hatte alle Zweifel weggewischt. Für diese Frau würde er die Uniform auch noch nach der Pensionierung tragen, wenn es sie anmachte.

Leider passte ihm die Uniform nicht mehr – und nach der Wirtschaftskrise hatte es ein Verbot der Neukonfektionierung von Paradeuniformen für gehobene Beamte gegeben.

Unwillkürlich fasste er sich an den Bauch. Er hatte so stark zugenommen, er konnte es selbst kaum ertragen. Ob alles besser wäre, wenn er sich nicht so gehen ließe? Aber das hier war das Leben – keine Instagram-Werbung. Was sollte er machen? Es schmeckte einfach so, so gut. Er hätte vorhin gerne einen zweiten Teller von der Carbonara genommen. Herrje.

Außerdem war sie selbst schuld, wenn sie einfach aus ihrer Ehe floh. Nachts wer weiß wem Nachrichten schrieb. Er hatte sie mal gefragt, wie die Kollegen in ihrer Firma so seien. Er wusste immer noch nicht so richtig, was sie da überhaupt machte. Irgendwas mit Zahlen und Fonds und Pharmaunternehmen. Keine Ahnung. Sicher wären sie ein Fall für die Guardia Finanza. Steuervermeidung und so.

Sie hatte gelächelte und gesagt, all ihre Kollegen seien jung und hübsch und so gähnend langweilig, dass sie nicht mal auf die Idee kommen würde, ihnen die pinken Polohemden auszuziehen. Nur ihr spanischer Chef sei ein Springinsfeld, der in der Damenwelt berüchtigt sei – damals hatte er sich nichts dabei gedacht.

Er erschrak förmlich, weil er die junge Frau gar nicht bemerkt hatte, die neben ihm stand und ihn anlächelte.

»Alles in Ordnung?« Das war es, was sie gefragt hatte. Davide erwachte wie aus einer Trance.

»Ja, alles bestens. Wieso?« Was für eine dämliche Frage, dachte er. Er betrachtete sie einen Moment zu lang. Sie trug einen schwarz-weiß gemusterten Bikini, der ihr sehr gut stand, ihre Haare trug sie in einem kurzen, modernen Bob. Sie war jung und hübsch, und sie schien auch noch rasend nett zu sein, dachte er, weil ihre Stimme so gar nicht scharf und schneidend war, wie er es in den letzten Jahren daheim gewohnt war.

»Weil Sie schon einen ganz roten Kopf haben. Sie sollten sich abkühlen. Kommen Sie, haben Sie Lust auf Schwimmen? Ich schwimm nicht gern allein raus, ich hab immer Angst, dass ich untergehe.«

Davide lächelte. »Ich muss Sie warnen. Ich gerate eher selbst in Seenot, als dass ich Sie retten könnte.«

Obwohl: Fett schwimmt immer oben, dachte er und wollte sich selbst ohrfeigen.

Davide drehte sich um und kniff die Augen zusammen. Er sah Giulia, die auf ihrer Liege lag und so tat, als würde sie lesen. Dabei schrieb sie hinter der Zeitung wieder Nachrichten. Er wusste es ganz genau. Verdammt – was tat sie da?

»Nun los, kommen Sie, es ist toll, das Wasser.«

Davide wandte sich wieder nach vorne, er sah, wie sie schon ein gutes Stück vor ihm war, er konnte ihre Armmuskeln erkennen und die Schulterblätter, braun gebrannt, sie schien viel Sport zu machen. Er legte sich aufs Wasser und hatte auf einmal gute Laune. Er spürte, wie ihn die Wärme umfing und das Salz des Meeres ihn trug, und als er die ersten Züge machte, spürte er, wie sein Körper ansprang. Er wollte erst ganz simpel Brustschwimmen, als sich die junge Frau in dem Bikini aber umdrehte, wechselte er auf Kraulen. Es sah einfach cooler aus. »Kommen Sie!«, rief sie, und er beschleunigte, schloss zu ihr auf, und auf einmal ging es ganz einfach, er hatte befürchtet, er würde nach fünfzig Metern einen Schwächeanfall erleiden.

»Ist das herrlich«, sagte er und meinte es so. Wie lange er mit Giulia nicht mehr rausgeschwommen war!

»Sie sind oft hier, oder?«, fragte die junge Frau. »*Scusa*, ich hab mich noch gar nicht vorgestellt. Ich heiße Felice.«

»Und Sie haben mich schon oft hier gesehen?«

»Sie alle«, antwortete sie, »Ihre ganze Familie.«

»Oh«, gab er zurück, »ich bin übrigens Davide. Heißt das, Sie sind auch oft hier?«

»Jeden Sonntag«, sagte die Frau leise, und er wusste nicht, wie sie das fand, weil ihre Stimme plötzlich so ausdruckslos war.

»Hmm, ich hab Sie noch gar nicht ...«, begann Davide, brach dann aber ab, weil er spürte, dass es kein Kompliment werden würde – auch wenn er es wirklich nicht so meinte.

»Na, das denke ich mir«, sagte sie, plötzlich wieder fröhlich lachend, »mit drei Kindern ist bei Ihnen immer was los. Ich beobachte Sie oft, weil ich finde, dass Ihre Zwillinge so gut erzogen sind. Und der große Junge ist sehr hübsch. Wie heißt er denn?«

»Giacopo. Ja«, Davide lächelte, diese Frau machte ihm gute Laune, er fühlte sich richtig zu ihr hingezogen, »er ist wirklich sehr hübsch, der wird später mal den Mädchen gehörig den Kopf verdrehen.«

»Na, ist ja kein Wunder«, entgegnete sie, »Ihre Frau ist auch sehr hübsch. Weil Sie so eine Bilderbuchfamilie sind, hab ich Sie ja eigentlich gefragt, ob Sie mit rausschwimmen. Ich ... Mein Freund schwimmt nicht gerne, aber ich wollte unbedingt – und da dachte ich mir: So ein gestandener Familienvater, der ist wohl vertrauenswürdig ... «

Davide schluckte, weil es nun nicht unbedingt das war, was er hören wollte – andererseits: Was hatte er denn eigentlich erwartet? Dass sie sich gleich auf dem Felsen dort vorne lieben würden? Er und diese Fünfundzwanzigjährige? Herrgott, er brauchte echt dringend Sex – oder einfach nur ein paar nette Worte. Die würden schon reichen.

Giulia

Als sie aufsah, fiel ihr erst die *Grazia* aus der Hand, und dadurch geriet auch das Handy ins Rutschen und landete im Sand.

»*Cazzo!*«, rief sie und zuckte sofort zusammen, weil Fabri-Francesca sie erschrocken ansah. »Sorry, Engel«, murmelte sie, aber es tat ihr gar nicht leid. Denn erst vor ein paar Wochen war ihrer Tochter beim Peppa-Wutz-Gucken das Ding in den Sand gefallen, und Giulia hatte mit einer Rouladennadel und einem Backpinsel den Sand herausklauben müssen, jedes einzelne Korn, weil sich das verdammte iPhone mit dem Sand in der Kabelöffnung nicht mehr laden ließ.

Und alles nur, weil … Sie blickte nach vorne und musste die Augen zusammenkneifen, weil die Sonne sie blendete und weil er so weit weg war. Dort vorne, da saß er, auf dem Felsen, der zu der Buhne gehörte, die die Bucht vor großen Wellen beschützte, und neben ihm saß diese schöne junge Frau, die jeden Sonntag hierherkam mit ihrem Freund, dem Langweiler. Giulia drehte sich um und sah in die letzte Reihe, dort lagen sie jeden Sonntag, sie hatte es genau beobachtet. Und während sie sich in der Sonne aalte und immer brauner und noch schöner wurde, lag er unter dem riesigen Sonnenschirm im Schatten, zog nicht einmal das T-Shirt aus und bewegte sich nicht vom Fleck.

Und nun hatte dieses Girlie entschieden, dass es ein wenig Abwechslung auf dem Speiseplan brauchte, und machte sich an Davide ran. Welcher, natürlich gefrustet von all dem Streit und der vermeintlichen Zurückweisung durch sie – so spürte sie es in jedem seiner vorwurfsvollen Blicke –, welcher jedenfalls nichts Besseres zu tun hatte, als dem Werben der jungen Frau nachzukommen und mit ihr einmal quer durchs Mittelmeer zu schwimmen, so schien es. Während er mit Giulia immer zehn Meter schwamm, um dann zu bemerken, das Wasser sei a) zu warm, das kühle ja gar nicht richtig ab, b) das Wasser sei zu kalt – wo sei er denn, der Klimawandel, wenn man ihn mal brauche, c) er habe da was am Zeh, eine Wunde, da sei ihm die Butterdose mal draufgefallen, das wisse sie doch, und das schmerze noch, er habe doch eine so schlechte Wundheilung, oder d) er habe keine Lust mehr, die Woche sei zu hart gewesen, außerdem wolle er Fabio nicht so lange alleine lassen.

Aber mit Arielle, der Meerjungfrau, schwamm er bis nach Atlantis. Na, bravo.

Enzo

»Dreimal also die Carbonara zum Mitnehmen?«

Er beugte sich über den Tresen hinab, weil das kleine Mädchen dahinter gar nicht recht zu sehen war, doch, jetzt konnte er in ihre lächelnden blauen Augen blicken und fragte ganz freundlich: »Magst du noch etwas anderes?«

»*No, grazie*«, sagte die Kleine. »Wird das so gehen?« Er legte Besteck auf das Tablett, dann nahm er es und ging um seinen Tresen herum. »Ist ganz schön schwer«, sagte er.

»Ich bin doch schon groß«, sagte die Kleine und sah ihn entrüstet an. »Da hast du auch wieder recht.« Er streichelte ihr über den Kopf. »Ich würd dir ja jetzt schon ein Eis schenken, aber dann ist das geschmolzen, wenn du mit der Pasta fertig bist. Deshalb komm einfach nachher und hol es dir, ja?«

Er nahm den Geldschein, den sie ihm entgegenhielt, legte ihr einige Münzen auf das Tablett und reichte es ihr. Sie trug es ganz gerade und voller Stolz von dannen.

»Magst nix essen?«, fragte er und sah den Fischer dabei nicht direkt an, weil er wusste, dass der Alte das nicht mochte.

»Hmm …«, murmelte der nach einer Weile, »später.« Irgendwie wurde Enzo das Gefühl nicht los, als wartete Signor Conte war auf etwas. Er wirkte so fiebrig heute, gar nicht versunken in sich selbst, wie es sonst der Fall war.

»Alles okay bei dir?« Was für ein plumper Versuch. Das wusste Enzo in dem Moment, als er die Frage stellte, und so kam auch nichts zurück, der Fischer hob nicht mal den Blick, sondern sah unverwandt zum Strand.

»Noch einen Caffè?« Enzo hatte den jungen Mann von der Liege am Rand schon kommen sehen, der so pünktlich wie ein Schweizer um zwei Uhr kam, um den dritten Espresso des Tages zu trinken, genau wie jeden Sonntag. »Und eine Flasche stilles Wasser, *per favore*«, sagte er.

»Etwas für Ihre Freundin?«

»Hmm«, murmelte der junge Mann, als wäre er überrascht von Enzos Nachfrage. »Ich muss sie mal ... Ich weiß nicht ...«

»Na, Sie können Sie ja fragen, Signore«, entgegnete Enzo knapp und stellte ihm den Espresso und die Flasche hin. »Ich schreib es auf Ihren Zettel, einverstanden?«

»*Sì, certo.*«

Der Wirt holte die Flasche Weißwein aus dem Kühlschrank und goss erst dem Fischer ein kleines Gläschen ein, das dritte heute. Dann nahm er auch selbst einen Schluck. Er sah zum Himmel. Bis eben war er von einem reinen und hellen Blau gewesen, nun aber schoben sich, vom Meer kommend, kleine weiße Wölkchen darauf, was diesen Ferragosto noch mehr nach Bilderbuch aussehen ließ. Was für ein Tag.

Die Mittagsruhe breitete sich aus. Alle Liegen waren nun belegt, die Gäste hatten seine Pasta genossen, danach noch einen Caffè getrunken, und nun streckten sich die meisten lang aus. Die Sonnenschirme spendeten Schatten, die ganz Vorsichtigen klappten noch die kleinen Sonnenblenden auf, falls sie länger schliefen und sich die Sonne schon am Schirm vorbeigedreht haben würde. Die meisten seiner Gäste waren langjähriges Stammpublikum, für sie war der Sonntag am Strand längst ein Ritual mit einstudierten Abläufen, sie kannten die Vorzüge – aber auch die Risiken –, und niemand hier ging mehr mit einem Sonnenbrand oder einem Sonnenstich nach Hause. Das waren Nebenwirkungen, die man den Touristen überließ.

Auch für ihn begann nun die ruhige Zeit des Tages. Enzo trat nach draußen und setzte sich auf den kleinen Klappstuhl, den er im Schatten der Pergola stehen hatte. Sicher würde er jetzt eine halbe Stunde Pause haben, bis die ersten Kinder kamen, um sich ihr Nachmittagseis zu holen – die nächste Etappe im Leben des Bagno –, bis es dann ab vier Uhr richtig hektisch werden würde – die Zeit des Apéro.

Er schloss kurz die Augen, öffnete sie aber jäh wieder, weil ihm war, als hätte er etwas vergessen. Aber er hatte nichts vergessen, nein, er erwischte nur Signor Conte, dessen Blick ausgerechnet auf ihm geruht hatte. Der alte Fischer sah ihn fragend an, nach wie vor unruhig, aber noch immer sagte er nichts.

Was war nur los mit ihm? Enzo unterdrückte das Bedürfnis, sich noch einmal nach seinem Wohlbefinden zu erkundigen. Er machte sich langsam ernsthafte Sorgen. Signor Conte war doch nicht etwa krank?

Unsinn, mahnte sich Enzo. Er kannte den Fischer nun schon sein ganzes Leben. Und das war nicht übertrieben. Er konnte sich noch heute einigermaßen lebhaft an einen Tag erinnern, als er selbst erst vier oder fünf Jahre alt gewesen war. Signor Conte war damals ein junger Mann gewesen, vielleicht Anfang zwanzig. Enzo hatte im Sand des Bagno gespielt, während sein Vater die Liegen vermietet hatte, die schon damals gelb gewesen waren, auch wenn die Modelle früher aus Metall waren, während er heute die weißen aus Kunststoff benutzte.

»Hey, Enrico«, hatte der Fischer seinem Vater zugerufen, »ich fahre raus und will Sardinen holen, es ist nur ein Stück vom Strand entfernt, will dein Filius mit?«

Enzo erinnerte sich, wie er sofort aufgesprungen und zu seinem großen Vater gelaufen war. »Darf ich, Papa?«, hatte er gerufen. »Darf ich? Bitte ...« Er wollte so gerne hinausfahren, das Meer kennenlernen. Doch Enrico hatte gezögert. Für ihn, den alten Bagnino, beschränkte sich sein Arbeitsort auf den Bereich zwischen Sand und Wasser – und das war zugleich der Ort, an dem er sich wohl und sicher fühlte. Alles hinter der Wasserkante war unbekanntes Terrain – und eine potenzielle Gefahr. Doch er hatte in Enzos sehnende Augen geblickt und irgendwann genickt. »Okay. Aber nicht so lange, ja?«

Enzo hatte sich sein T-Shirt geholt und war voller Stolz ins Wasser gelaufen, wo Signor Conte ihn auf das Boot gehoben hatte. Es war ein warmer Tag. Zu warm. Enricos Zögern hatte seinen Grund gehabt. Sie waren kurz nach dem Mittagessen hinausgefahren, und Signor Conte hatte mit einem Seitenblick gefragt: »Du willst steuern, oder?« Der Junge hatte sein Glück nicht fassen können. Und hatte genickt, als hätte sein Kopf sich selbstständig gemacht. Das Steuerrad fest in Händen, hatte er die Kraft des Bootes gespürt, es nach links und rechts gelenkt, erst viel zu wild. Signor Conte hatte aber nicht geschimpft, sondern war in die Knie gegangen und Enzo ganz ruhig gezeigt, wie er steuern sollte, mit ruhigen Bewegungen, immer in die Welle hinein, nicht seitlich oder irgendwie schief. Schnell hatte Enzo verstanden und das Boot gesteuert, weit hinaus aufs Meer. Nach einer halben Stunde, die Zeit schien verflogen zu sein, hatte Signor Conte dem jungen Enzo gezeigt, wie man die Netze auswarf. Sie hatten sie festgemacht, eine Boje befestigt und waren dann weitergefahren, um noch ein großes Netz auszuwerfen. Der Fischer hatte immer wieder zum Himmel geschaut und die Stirn gerunzelt. Der Himmel hatte seine Farbe verändert: Aus dem hellen Blau war ein dunkles Blau geworden, fast schon ein Lila. Signor Conte hatte sich nichts anmerken lassen, damals nicht – wie auch heute nicht –, aber für Enzo war schon auf dem Boot zu spüren, dass eine Spannung in dieser Stille lag.

Sie hatten gerade das erste Netz eingeholt, als Enzo das Donnern hörte. Dann fielen auch schon die ersten Regentropfen, und gleich darauf krachte eine Welle in das Boot, das dem Jungen auf einmal gar nicht mehr kraftvoll und groß vorkam, sondern wie die sprichwörtliche Nussschale auf dem riesigen Meer. Und er war die Nuss, eine kleine, nackte Nuss, die diesen großen Wellen ausgeliefert war. Das war nicht mehr das Bademeer, in dem er immer planschte, das hier war tief und gewaltig und düster. »Wir müssen zurück«, hatte Signor Conte gesagt. Die Lautstärke seiner Stimme hatte sich nicht verändert, es war nicht nötig, obwohl es mittlerweile um sie herum grollte und donnerte und wogte, aber die Tonlage, dieses leichte Timbre auf der tiefen Stimme, zeigte Enzo, dass auch dieser junge starke Mann besorgt war. Er trat ans Steuerrad.

»Aber die Netze!«, rief Enzo. »Was ist mit den Netzen?«

»Das wären die letzten Sardinen, die wir fangen«, antwortete der Fischer, und damit war das Gespräch beendet. Er legte das Boot quer und wollte gerade wenden, der heikelste Moment, und jetzt verstand Enzo es, denn als sie nur einen winzigen Augenblick quer zu den Wellen standen, kam ein Brecher und schlug in halber Höhe gegen den Kahn, der sofort einen Satz machte, und mit dem Kahn machte Enzo einen Satz, und er konnte gar nicht schreien, weil alles so schnell ging, er wurde von den Füßen gehoben und über das Deck geschleudert. Der kleine Junge war dünn wie ein Strich und leicht wie eine Feder, das Gewicht, die Statur kamen erst mit dem Alter, er hob regelrecht ab, und es würde nur den Bruchteil einer Sekunde dauern, bis er über Deck geworfen und für immer in der Tiefe der See untergegangen wäre. Aber ein Wunder geschah, der Fischer selbst war dieses Wunder, denn nicht nur schaffte er es, das Boot weiter Richtung Küste zu steuern, sondern er ließ auch seinen freien Arm herausschnellen, packte ihn und zog ihn zurück, bewahrte ihn vor diesem Fall und holte ihn dann behutsam zu sich ans Steuerrad zurück, stellte ihn zwischen seine Beine, damit er geschützt war, und zog dann an dem Gashebel. Das Boot machte einen Satz, und die Wellen schoben von hinten, und Gott und die Gezeiten halfen, dass sie schon zehn Minuten später die Küste sahen und noch mal zehn Minuten später in einem Wolkenbruch aus Nebel und Schaum anlandeten und Signor Conte von Bord sprang und das Boot an Land zog und dann den Jungen anhob, der sich ganz fest an ihn drückte und immer wieder »*Grazie, grazie*« flüsterte. Der junge Fischer, der heute ein alter Fischer ist, beruhigte ihn, wiederholte immer wieder »Alles ist gut«, leise und fest und so, als wäre er selbst sehr glücklich, dass alles so ausgegangen war. Und dann war da Enrico, der schon am Strand stand und ihm den Jungen abnahm und ihn an sich drückte und sich dann auf der Schwelle umdrehte und kein Wort mehr zu Signor Conte sagte, so wütend war er, mehr auf sich selbst als auf den Fischer, weil er seinen Sohn auf dieses grausame Meer hatte hinausfahren lassen.

Dieses Ereignis wurde nie wieder besprochen, bis heute nicht. Es war eine Lebensrettung, die zum Heldenepos getaugt hätte, aber Signor Conte war kein Held, wollte keiner sein. Und jetzt erst fiel Enzo auf, wie eigenartig das war: sowohl dass sie nie wieder darüber gesprochen hatten, als auch dass sich nun ein unsichtbares Band der Erlebnisse dieses Tages zwischen ihnen spannte und dass er trotzdem, bis heute, diesen Mann in Gedanken immer noch siezte.

Er hatte ihn nur an diesem Tag im Auge des Sturms so aufgeregt gesehen wie heute – und es wurde ihm jetzt erst klar, als die Erinnerung wieder hochkam.

Enzo versuchte sich die wenigen Worte wieder herbeizurufen, die sie heute und am vorigen Sonntag gewechselt hatten, doch nichts hatte darauf hingedeutet, dass etwas nicht stimmte.

Dieser Signor Conte war einer jener Männer, die es in jeder Dorfgemeinschaft gibt. Er war überall und nirgends – so schien es Enzo manchmal. Er sah ihn morgens am Strand und sonntags an seinem Tresen – zu anderen Gelegenheiten traf er ihn nie. Es schien, als kaufte dieser alte Fischer niemals ein, als müsste er niemals zum Friseur, als brauchte er niemals einen Arzt – so wie andere Menschen, denen Enzo ständig am Käsestand im Supermercato begegnete oder im Frisiersalon oder in der Praxis von Dottoressa Fonte. Nie war er ihm bei der Passegiata begegnet, die im Frühjahr oder Herbst, wenn der Strand noch nicht belebt war, das Zentrum dieses Ortes bildete. Rund um den Kirchturm und die kleinen Bars gab es dann allabendlich das Schaulaufen der Bewohner, das Sehen- und Gesehenwerden, der abendliche Digestif nach einem heiteren Mahl.

Dieser Signor Conte war nur auf dem Meer vorstellbar. Und er war nur alleine vorstellbar, dachte Enzo. Nie hatte er ihn in menschlicher Begleitung gesehen. Er hatte keine Frau, keine Kinder, nichts dergleichen. Dabei wäre der alte Fischer ohne Zweifel ein Vater gewesen, von dem jeder Sohn oder jede Tochter eine Menge gelernt hätte.

Obwohl, durchfuhr es Enzo, es gab eine Einschränkung, doch er ärgerte sich gleich darauf, dass er überhaupt darauf gekommen war, denn sicher war dies nur ein dummes Gerücht, eine fiese Parole, die durch die Stadt geisterte, weil irgendjemand den Alten nicht leiden konnte – deshalb hatte Enzo nie etwas darauf geben wollen –, aber siehe da, es waren immer die fiesen Gerüchte, die irgendwie hängen blieben. Denn der Mann, der so sehr mit dem Meer verbunden war, sollte doch ein anderes Leben haben. Er wusste gar nicht mehr, wer es ihm erzählt hatte mit wissendem Lächeln und einer hochgezogenen Augenbraue, ja, dieser Signor Conte solle Stammgast sein in einem Laden am Rande des Ortes, ein kleines Lokal mit roter Beleuchtung in den Fenstern und einem Schild obendrüber, die rosa Schrift schon abgeblättert, darauf stand *Happy End Massagen*, er selbst, Enzo, kannte diesen Laden nur von außen, und er wusste, wie die Menschen in diesem katholischen Örtchen angewidert den Blick abwandten, die Frauen, weil sie es anstößig fanden, die Männer, weil sie so tun mussten, sich aber gerne einmal hineingetraut hätten in diesen vermeintlichen Sündenpfuhl. Und dort, so hieß es, solle der alte Fischer hingehen, ein- oder zweimal die Woche. Lustig, dass es dieses Gerücht gab, weil es ja belegen musste, dass jener, der es verbreitete, wohl selbst dieses Geschäft frequentierte – Enzo hätte sich zu gern erinnert, wer ihm das erzählt hatte. Aber nun, den Blick auf den unruhigen Signor Conte gerichtet, hoffte er, dass der alte Fischer diesen Laden wirklich besuchte, ab und zu nur, denn wenn es dort einen Hauch von menschlicher Nähe und Zuneigung gab, dann hätte sie der stille Signore wirklich verdient.

Enzo wollte eben wieder die Augen schließen, weil ihn während der ganzen Grübelei die Müdigkeit übermannt hatte, aber vorher war da noch der Gedanke: das Eis. Sicher war das Mädchen doch jetzt fertig mit der Pasta, und er hatte der Kleinen doch das Eis versprochen. Und Enzo hielt seine Versprechen.

Er quälte sich vom Stuhl hoch und ging wieder hinter den Tresen, öffnete die Truhe und griff hinein, nahm das kleine

Vanilleeis in der Waffel, das er selbst so gerne aß, und maß die Liegen mit dem Blick ab. Er runzelte die Stirn. Wo war sie?

Da fiel ihm auf, dass er das Mädchen vorhin, als es bei ihm bestellt hatte, gar nicht einer Stammkundin hatte zuordnen können. Das kam vor – die Kinder rannten manchmal schon vor in den Sand, während sich die Eltern die Liegen geben ließen, aber nun schweifte sein Blick über die Reihen und …

Enzo schüttelte den Kopf – konnte es sein?

Sofort war die Müdigkeit wie weggeblasen und ein leichtes Grinsen umzog seine Mundwinkel. Diese Teufelin.

»*Un attimo*«, murmelte er, »bin gleich zurück.« Dann ging er an dem jungen Alberto am Rand des Bagno vorbei, der sich gerade im Schatten des Sonnenschirmes ein Glas Wasser nachschenkte.

Seine Freundin war nicht zu sehen. »Darf ich?«, fragte Enzo, wartete aber nicht ab, sondern zog sich die Liege der Freundin an den Bambuszaun und kletterte darauf, dann blickte er darüber und sah sofort bestätigt, was er erwartet hatte.

»Hmm-hmm«, räusperte er sich laut hörbar und kam sich gleich darauf ziemlich komisch vor, weil er wie ein Irrer aussehen musste – ein Irrer, der seinen Kopf über den Zaun ins Nachbarbagno hinüberstreckte, aber mittlerweile war ihm sogar das egal, alle Blicke schienen sich ihm zuzuwenden, auch die drei Augenpaare von zwei Frauen und dem kleinen Mädchen, die sich fröhlich schmatzend über die Teller mit der Pasta hergemacht hatten, sie sahen ihn an und grinsten.

»Spannst du wirklich schon Kinder ein, Berta?«, rief er und hörte seine Stimme, die so hoch klang und so ungläubig, wie er es wohl auch war. »Es auf meine Kundschaft abgesehen haben und selber kein Mittagessen anbieten, aber dafür meine Pasta essen wollen – also, wirklich …«

Er schüttelte entrüstet den Kopf, »Also, das ist ja echt die Höhe.«

»Tja«, rief Berta mit ihrer tiefen Stimme, sie trug das Poloshirt in Grün und Rot, den Farben ihres Bagno, »ich weiß ja, dass du mir nichts von deinen Nudeln servieren würdest, und so musste ich eben die süße Mimoletta rüberschicken – hat doch funktioniert, oder? Übrigens: Ist wirklich sehr gut, diese Pasta. Und Mimo hat erzählt, sie kriegt noch ein Eis von dir – sie kommt nachher, okay? Und nun mach mal etwas leiser, meine Gäste wollen schlafen.«

Sie grinste und steckte sich eine weitere Gabel in den Mund.

Wutschnaubend stieg Enzo von der Liege, klopfte den Sand ab und stellte sie wieder neben die Liege des jungen Mannes. »*Scusi*, Signore«, murmelte er leise. Er wusste, wann er verloren hatte.

Al pomeriggio
Am Nachmittag

Giulia & Davide

Sie spürte, wie sich der Schatten über sie legte, aber sie war so müde, dass sie die Augen nicht aufmachen wollte. Als sie genug von den E-Mails und die Nase gestrichen voll hatte vom ununterbrochenen Starren auf die Felsen, hatte sie sich nach hinten gelehnt, in die pralle Sonne, hatte die Hitze auf dem Gesicht wahrgenommen, die fast greifbar war, so drückend und so brennend, dass sie nicht mal schwitzen konnte, und obwohl sie wusste, dass das totaler Nonsens war, weil sie nachher einen Sonnenstich haben würde und tierische Kopfschmerzen, war sie eingeschlafen.

Und nun verdunkelte sich erst der Himmel, und dann prasselten auch noch Tropfen auf sie, und so öffnete sie doch die Augen, sie wollte für einen Moment schreien und lachen, weil es wirklich lustig und sehr erfrischend war, aber sie konnte gerade noch an sich halten, weil sie ihn gleich sah, wie er über ihr stand und grinsend sein Haar ausschüttelte, und seine gute Laune und das Lächeln auf seinem Gesicht machten sie regelrecht wütend. Aber auch ihre Wut wollte sie ihm nicht gönnen, schließlich war sie nicht eifersüchtig, also beschirmte sie das Gesicht mit den Händen und sagte mürrisch: »Ach, wieder da?«

Doch sein Lächeln verschwand nicht, er strich sich das Haar mit beiden Händen nach hinten und sagte: »Komm doch mit, das Wasser ist herrlich, du musst dich abkühlen, es ist doch so heiß.«

»Ich will nicht«, entgegnete sie, »außerdem bist du schon so viel geschwommen, du solltest dich ausruhen, nicht dass du noch umkippst.«

Sie wusste, dass es gemein war, er war ein Hypochonder, er würde sich jetzt die ganze Zeit Sorgen machen, dass er tatsächlich umkippen könnte – aber das war ihr gerade recht.

»So ein Quatsch«, murmelte er, jetzt war das Lächeln doch verschwunden. Zwanzig Sekunden mit ihr gesprochen – und die gute Laune war passé. Das musste ein neuer Rekord sein, dachte Davide. Er hätte sie so gerne über seine Schulter geworfen und wäre mit ihr zur Wasserkante gerannt, um sie anschließend ins Wasser zu schmeißen, aber wahrscheinlich hätte sie ihn erst gekratzt, dann geschimpft und ihn dann einen Kindskopf genannt. Das hatte sie wirklich einmal zu ihm gesagt: *Kindskopf.*

Er setzte sich auf die Liege und sah, wie sie neben ihm nach der Zeitschrift griff, sie aufschlug und sich sogleich hinein vertiefte.

»Magst du was trinken?«

»Hmm«, sie las einfach weiter, ohne zu antworten.

»Giulia?«

Sie ließ die Zeitung sinken, drehte sich zu ihm und fragte genervt: »Was denn?«

»Magst du was trinken? Dein Kopf ist schon ganz rot.«

»Ich hab Wasser hier«, sagte sie und nahm die Zeitschrift wieder hoch.

»Verdammt«, murmelte er genau die zwei Dezibel zu laut, die aus einem lautlosen Fluch einen hörbaren machten. Er stand auf und sagte dann: »Na, dann schreib mal schön weiter deine SMS.«

Er hörte, wie es hinter ihm raschelte, aber er war schon losgegangen, in Richtung Bar.

»Sag mal«, sprach jemand hinter ihm, und er drehte sich um, das Lächeln war wieder da.

»Hmm?« Es war die junge Frau, die Felice hieß, nun wusste er es, sie hatte es ihm eben auf dem Felsen gesagt.

»Bei euch, zwei Liegen weiter, da ist doch immer eine Dame, so eine schicke mit ganz weißen Haaren. Weißt du, warum die heute nicht da ist? Ich hab mich immer so gut mit ihr unterhalten – und nun mache ich mir Sorgen.«

»Hmm«, antwortete Davide, der gerne die Unterhaltung von vorhin fortgesetzt hätte, doch er hatte keinen Schimmer, wen Felice meinte. »Nein, keine Ahnung«, antwortete er und fand sich stumpf und unkreativ, genau so, wie wohl auch Giulia ihn wahrnehmen musste. Er war echt kein Frauenheld mehr.

»Na, wird schon alles gut sein«, sagte Felice. »Ich geh mich mal ausruhen, war schön, das Schwimmen, vielen Dank.«

»Danke dir.«

Er trat an den Tresen und lächelte dem Wirt zu, der gerade die grüne Flüssigkeit für das Slush-Eis in den Rührautomaten nachgoss. Er hätte Francesca und Fabio das Zeug sofort erlaubt, schließlich hatte er es als Kind auch geliebt, aber Giulia war so sehr dagegen, als handelte es sich dabei um pures Gift –, es sah zumindest aus wie pures Gift –, aber an einem heißen Tag wie diesem war es doch echt das beste Getränk. Nun gut, dachte Davide, das zweitbeste immerhin.

»Was darf es sein, Signore?«

»*Una birra alla spina*«, antwortete Davide und sah, wie der Wirt eines der Gläser aus der Tiefkühltruhe nahm, die kurz mit Wasser ausgespült und dort hineingelegt wurden. So hatte sich am Rand des Glases eine dünne Eisschicht gebildet, und nun hielt der Wirt das Glas unter den Zapfhahn und ließ das Ichnusa-Bier genau auf diese Eisschicht laufen. Davide konnte es gar nicht abwarten. Anders als viele andere Wirte in Italien nahm es dieser Enzo ganz genau – er ließ das Bier nicht nur zehn Sekunden da reinprasseln, sondern zapfte es beinahe so gewissenhaft wie ein Deutscher. Endlich aber stellte er es auf dem Tresen ab.

»*Allora, una birra, prego*, Signore.«

»*Grazie.*« Davide fummelte einen Euro aus der Tasche seiner Badeshorts und legte sie in die Schale. »Für Sie.«

»*Grazie.*«

Davide nahm noch auf dem Weg einen großen Schluck und wischte sich dann noch in alter Gewohnheit durch seinen nicht mehr vorhandenen Bart. Er hatte ihn abnehmen lassen vor einem halben Jahr, obwohl er ihn eigentlich gern getragen hatte. Für Giulia aber war er immer ein Anlass für Sticheleien gewesen – er sehe aus wie ein Waldschrat war noch die mildeste Beleidigung.

Sie hatte kein Gefühl für moderne Styles. Die jungen Kolleginnen hatten Davide mit dem Bart ganz anders angesehen, zumindest hatte er sich das eingebildet.

Er ging den Weg zur Liege ganz langsam. Wann genau war der gemeinsame Sonntag eigentlich zu einem Spießrutenlauf geworden?

Signor Conte

»Noch ein Glas Wein?«

Der alte Fischer schüttelte den Kopf. »Ich glaube, ich habe genug.«

»Echt heiß heute, oder?«

»Soll so bleiben. Wird ein mieser Fang am Dienstag. Bei dem Wetter ziehen sich die Fische ins Tiefe zurück.«

»Lieber ein Wasser?«, fragte Enzo.

»Caffè«, murmelte Signor Conte, der immer das Gefühl hatte, sein stundenlanges Sitzen auf dem Hocker dadurch rechtfertigen zu müssen, dass er wenigstens ab und zu etwas bestellte.

Gerade als Enzo das Sieb ausklopfte, trat räuspernd die Frau um die Ecke. Ein kleines Lächeln huschte über das Gesicht des alten Fischers. Jetzt konnte es ja doch noch mal heiter werden. Eine willkommene Abwechslung.

»Ciao, Enzo«, murmelte sie leise.

Er legte das Sieb weg und drehte sich um. »Ciao, Berta.« Seine Stimme klang jetzt viel tiefer als normalerweise. Tief und grollend. Er sah die Frau in ihrem rot-grünen Poloshirt fragend an.

»Was willst du?«

»Bier.«

»Hmm?«

»Mann, jetzt lass mich doch nicht betteln. Mein Lieferant

hat die Sommergrippe, deshalb fehlt mir ein Fass. Und die Leute sind durstig bei der Hitze. Kann ich dir ein Fass abkaufen? Oder es dir am Dienstag oder Mittwoch durch eines von meinen ersetzen?«

»Deine Plörre aus Südtirol? Hier gibt es nur Peroni. Das weißt du ja.«

»Mann, Enzo. Nur weil mein Vater deinen geärgert hat ...«

Der Wirt sah auf die Uhr, als würde die aktuelle Zeit irgendwie zu seiner Entscheidung beitragen. Signor Conte konnte den Blick nicht von den beiden lassen, er liebte diese Duellstimmung, die sich aus der jahrzehntelangen Abneigung der beiden Familien speiste.

»Na okay. Nimm es dir aus dem Vorratsraum. Aber ich will kein Fass zurück. Du kannst mir nachher das Geld bringen. Macht achtzig. Für dich neunzig.«

Sie grinste. »Du bist so ein alter Halsabschneider, Enzo.«

»Ich kann es mir auch anders überlegen.«

»Schon gut, schon gut«, murmelte sie. »Ach, und übrigens: Der Satz auf deiner Tafel ist ja wohl ein Witz: *Besuchen Sie das älteste und beste Bagno der Stadt – denn Qualität braucht keine Sonderangebote* – aber sonst geht's noch, ja?«

Alberto

»Ich kann nicht mehr.«

Er hatte nicht geschlafen, deshalb hörte er ihre Worte sehr deutlich, auch wenn sie sie nur leise ausgesprochen hatte.

»Hast du gehört? Alberto? Ich kann nicht mehr.«

Nicht zu reagieren und so zu tun, als würde er schlafen, schien nicht zu funktionieren. Auch weil er innerlich zu beben begonnen hatte, schon nach dem allerersten Satz. Er öffnete die Augen und setzte sich auf, es war so warm geworden an diesem Nachmittag, aber ihm war kalt, eiskalt.

Er sah sie an, sah, wie hübsch sie war, die nassen Haare fielen ihr auf die Schultern, doch ihre blauen Augen blickten ihn traurig an.

»Ich ... wirklich«, sie sprach nicht laut, es war nicht nötig, weil sie auf der Liege genau neben ihm saß, er sah, wie ihre Hände ein wenig zitterten, »ich hab dich immer geliebt und war dir immer treu, und wahrscheinlich liebe ich dich auch immer noch. Aber ich kann nicht mehr. Mir ist ... Mir ist, als würdest du alles abblocken, was ich sage. Wir haben total gegensätzliche Interessen. Du willst arbeiten und ranklotzen und es zu was bringen – und ich komme mir wie das kindische Anhängsel vor, dass ständig an dir zerrt, dabei will ich doch nur ...«, er hielt es kaum aus, ihre Tränen zu sehen, weil er selbst am Rande des Zusammenbruchs war, »dabei will ich doch nur was erleben und geliebt werden ... so wie ich bin.«

Sie machte eine Pause und blickte ihn fragend an.

»Aber siehst du?« Jetzt wurde sie lauter, und zwei, drei Menschen wandten sich zu ihnen um. »Du sagst einfach gar nichts. Du versuchst ja nicht mal, mich aufzuhalten. Ey, nach all den Jahren. Warum? Warum, Alberto?«

»Weil ich nicht kann«, sagte er leise.

»Du kannst nicht? Nein, du willst nicht. Du willst nicht mit mir in den Urlaub fahren, nicht nach Sansibar, nicht mal nach Neapel. Verdammt. Ich will das aber – nicht mit meinen Mädels, sondern mit dir.« Sie räusperte sich. »Zumindest wollte ich das mal. Was ich jetzt will, keine Ahnung.«

Sie stand von der Liege auf und scharrte mit ihren Füßen im Sand, als wollte sie gleich lossprinten. »Ich brauche jetzt erst mal echt Zeit für mich. Ich ... Ich werd noch mal zum Wasser gehen. Und dann ...«, sie schüttelte traurig den Kopf, »dann werden wir uns erst mal eine Zeit lang nicht sehen. Es ist das Beste – denn so«, sie zeigte auf ihn und auf sich selbst, »so kann ich das nicht mehr.«

Sie drehte sich weg und ging langsam voran, und er schaffte es nicht mal aufzustehen, weil er so überrascht war, dass es sich ganz anders anfühlte, als er gedacht hatte.

Giulia

Sie packte nicht mal ihr Handy weg, als er wieder bei ihr war.

»Vielleicht solltest du echt weniger trinken«, sagte sie leise.

»Was?«

»Du solltest weniger trinken. Das hast du selbst gesagt, letztes Jahr nach Weihnachten. Dass es etwas überhandgenommen hat.«

»Verdammt, jetzt mach aber mal halblang.«

Da war er wieder. Ihr lauter Gatte. Francesca und Fabio sahen ihn schockiert an. Die sechs Worte waren wirklich zu laut gewesen. Aber er war noch nicht fertig. »Ich trinke ein Bier. Es ist Sonntag, und ich trinke ein verdammtes Bier. Das wird doch hoffentlich noch erlaubt sein, oder?« Er hob das Glas, als wollte er mit allen hier am Strand anstoßen, und sie wollte die Augen schließen, weil es so peinlich war, so unfassbar peinlich.

»Mann, Davide, es ist Sonntag, aber es ist halb drei durch. Und es hat zweiunddreißig Grad im Schatten. Also, ich sehe nicht sehr viele Leute hier, die jetzt schon Bier trinken.«

»Der Alte da an der Bar«, Davide fuchtelte jetzt auf seiner Liege herum, »der trinkt seit heute früh – und dem geht es gut. Vielleicht sollte ich auch einfach so alt werden. Alt und allein und hier sitzen, dann kann ich wenigstens in Ruhe Wein trinken.«

»Das wird sich machen lassen.« Ihre Worte, kalt wie ein Wintertag in Deutschland.

»Was willst du denn damit sagen?« Seine Stimme, jetzt ganz anders, überrascht, verletzt, sie kannte das: Er war erst laut wie ein Berserker, und im nächsten Moment war er wieder so weinerlich wie ein Püppchen.

»Dass du mir echt auf den Geist gehst mit deiner Egonummer. Und dass ich die Schnauze voll davon habe, hier alles alleine zu machen. Alleine den Haushalt zu schmeißen, alleine die Kinder zu bespaßen. Und dass ich das dann auch einfach gleich alles alleine machen kann.«

»Ach, na bitte schön. Obwohl du ja vielleicht gar nicht so lange allein sein wirst – du arbeitest ja bereits an meiner Nachfolge, nehme ich an.«

Davide hatte die Lider gesenkt, jetzt sah er sie an mit einem Blick, der eine Mischung war aus betroffener Welpe und vorwurfsvoller Ehemann.

»Was meinst du denn damit?«

»Na, du schreibst doch die ganze Zeit mit dem Typen, der dich vögeln darf«, er hatte seine Stimme gottlob so gedämpft, dass nicht mal die Zwillinge ihn hören konnten, sie war sehr dankbar dafür, auch wenn sie seine gezischten Worte derart überraschten, »wenn ich dich schon nicht mehr vögeln darf.«

Giacopo

»Hey, kommt, wir gehen zur Bar«, sagte er, und Francesca und Fabio legten sofort ihre Schippen weg und folgten ihm. »Was wollt ihr? Sucht euch was aus? Ich hab Geld.« Er zog den Zehneuroschein aus der Tasche und hielt ihn in die Luft. Er hätte ihnen auch ein neues Spielzeug gekauft, nur damit sie diesen Mist nicht mitanhören mussten.

»Ich will das da – das Grüne«, sagte Francesca. »Ich auch. Das Grüne!«, rief Fabio. »Können wir? Bitte …« Er drehte sich wieder nach seinen Eltern um, wie vorhin, als er den Caffè bestellt hatte, aber da sie sich noch in einem hektischen Schlagabtausch befanden, der Gott sei Dank leiser vonstatten ging als vorhin, hatte er keine Skrupel.

»Zwei Granite«, bestellte er bei dem freundlichen Wirt, »è una Coca.«

»Subito«, murmelte der, hielt zwei Plastikbecher unter die Maschine, füllte sie mit dem grünen Eisschlamm, dann hielt er den Kindern die Becher mit den Strohhalmen hin. Für Giacopo öffnete er eine Flasche Cola. Kleine Glasflaschen, das waren die besten.

»Leihen Sie mir den Ball da?«, fragte er und zeigte auf einen großen bunten Wasserball, der auf einem Regal lag.

»Sì, come no.« Der Bagnino reichte ihm den Ball. »Aber wiederbringen. Das ist mein liebster Ball.«

»Klar, was denken Sie denn?« Und zu Francesca und Fabio

gewandt: »Wollen wir im Flachen Ball spielen, wenn ihr ausgetrunken habt?«

»Ja!«, riefen die beiden im Chor, und Giacopo fragte sich unwillkürlich, ob Fabio deswegen so viel schlief, weil die Stimmung zu Hause immer so blöd war. Auf einmal wirkte er nämlich nur fröhlich und gar nicht müde. »Los, wir gehen da an die Seite, damit Mama und Papa nicht sehen, was wir trinken.« Er machte ein Gesicht, als wären sie drei die Verschwörer einer geheimen Clique. Und tatsächlich gingen die beiden Kleinen in seinem Windschatten hinter ihm her, ganz leise und unauffällig, die grünen Becher versteckten sie zu ihrer Rechten, bis sie hinter einem Zaun angekommen waren, vor der ersten Liegenreihe. Genau neben ... Caetana.

Giacopo fiel es erst auf, als er sich in den Sand setzte, nach rechts blickte und sein Blick genau den ihren traf.

»Hi«, sagte sie.

»Hi«, murmelte er.

Dann zog Francesca an ihm. »Hier, koste mal. Das is' sooooo lecker.«

Sie hielt ihm den angesabberten Strohhalm entgegen, und er kostete von der eiskalten grünen Mixtur. Er konnte sich gar nicht erinnern, jemals davon probiert zu haben. Wenn er es sich recht überlegte, war das hier seine Premiere. Giacopo hatte das Schicksal aller Erstgeborenen mitgemacht: Ihm war alles verboten, was seinen Geschwistern später ohne große Diskussionen erlaubt wurde – außer Granita, aber die hatte er jetzt eben erlaubt.

»Danke«, sagte er und gab ihr den Becher zurück.

»Und? Schmeckt gut?«

»Lecker«, log er, weil sich sein Kindergeschmack in den letzten Jahren tatsächlich verflüchtigt hatte. Er mochte eben Espresso doch mehr als diese süßen Schlammdrinks.

»Los, wir spielen!«, rief Fabio, der in aller Stille seinen Becher eiligst leergeschlürft hatte und schon den Ball in der Hand hielt. »Ich mag nicht mehr«, sagte Francesca und hielt Giacopo ihren halb leeren Becher hin. So lecker war es dann wohl doch nicht, wollte er schon sagen, konnte sich aber noch beherrschen, er war ja nicht seine Mutter. Also trank auch er seine kleine Cola leer und stand auf.

»Hey, ich will auch mitspielen.« Giacopo vernahm ihre Stimme, aber er wagte nicht, sich schnell umzudrehen, weil er Sorge hatte, dass sie ihn gar nicht meinen könnte – andererseits wurde er auch so sofort rot, dass er sich irgendwie fast wünschte, dass sie ihn gar nicht meinte – eine echte Zwickmühlensituation, die sich aber im Bruchteil einer Sekunde aufbaute, denn schließlich drehte er sich doch um.

Da stand sie, die Hände in die Hüften gestellt, zum ersten Mal sah er ihre Hüftknochen, die deutlich hervortraten, er hatte nie gesehen, dass sie so schlank war, schlank – oder dünn, je nachdem. Aber schnell achtete er nicht weiter darauf, sondern auf ihre blitzenden Augen, die abwechselnd ihn und seine Geschwister ansahen.

»Na los, ich will mit euch Ball spielen!«, rief sie. »Ihr seid Zwillinge, oder? Ihr seid ja total hübsch, ihr beiden.«

»Und wer bist du?«, fragte Francesca. Typisch, dachte Giacopo. Sie war die Erste, die ihre Sprache wiedergefunden hatte. Fabio schwieg, weil er immer schwieg, und er war offenbar nicht imstande, mit diesem Mädchen zu reden.

»Ich bin Caetana. Ich geh mit dem da in die Schule.«

»Seid ihr Freunde?«, fragte Francesca.

»Na, eher nicht«, antwortete Caetana wahrheitsgemäß. »Dein Bruder hängt nur mit so komischen Nerds ab, die immer Computer spielen. Aber vielleicht«, sie zwinkerte, »werden wir ja heute Freunde. Also, los jetzt. Ab ins Wasser.«

Davide

»Bist du etwa eifersüchtig? Ist das dein Ernst? Mein Mann, der hier vor meinen Augen – und vor den Augen aller an diesem Strand – mit einem Huhn auf die Felsen schwimmt, das halb so alt ist wie ich? Dort eine Stunde sitzt und – ach so süße – Gespräche führt und dann mit breitem Grinsen zurückkommt? So à la: *Jetzt hab ich es meiner Frau aber gegeben. Ich bin eben immer noch der dickste Fisch im Teich.* Und da sehe ich dir zu, wie du fünfhundert Meter rumkraulst. Derselbe Kerl, der zusammenbricht, wenn ich vorschlage, doch mal gemeinsam zum Yoga zu gehen?«

»Du meinst, ich sei mit der sehr netten jungen Frau rausgeschwommen, weil ich was von der wollte? Das ist nicht dein Ernst – ich bin doch kein Gockel, der sich an so junge Dinger ranmacht, hör mal – und dann noch vor deinen Augen. Nein, meine Liebe, es ist vielmehr so, dass ich mich auch mal freue, wenn sich jemand mit mir unterhält, ganz freundlich, meine ich. Denn das machen wir beide ja wohl nicht mehr.« Davides Gestik hatte wieder Fahrt aufgenommen. »Und die sich wirklich für mich interessiert. Während ich meiner Frau, die ich immer noch und trotz allem sehr liebe, dabei zusehe, wie sie heimlich SMS schreibt, versteckt hinter einer Frauenzeitschrift. Wahrscheinlich hilft dir die *Grazia* ja sogar noch, ich hab doch letztens auf dem Klo mal gelesen, was Frauen da für Tipps bekommen: *Die perfekte Liaison für alle ab 40* – das stand doch da, hast du also gleich mal ausprobiert?«

Er sah, wie Giulias Gesichtsausdruck immer überraschter wurde. Doch anders als von ihm befürchtet, fuhr sie nicht aus der Haut, sie antwortete noch nicht einmal. Stattdessen griff sie unter ihre Liege und holte aus ihrer Tasche das Handy. Sie presste ihren Finger auf den Scanner, und der Startbildschirm leuchtete auf. Dann öffnete sie ein Programm. Sie reichte es ihm.

»Hier.«

Er nahm es und sah, dass sie die E-Mails geöffnet hatte. Er las eine Mail:

Planung für das Budget September. Bitte um schnelle Antwort.

Die nächste Mail: *Liebe Giulia, schaust hier mal schnell rüber?*

Die nächste: *Montag muss ich dir noch ein Meeting reingeben, 10–12.*

Die nächste: *Ich muss mich krankmelden, kannst du meinen Jour fixe übernehmen?*

Er schüttelte den Kopf, und als er wieder aufblickte, weil er gar nichts mehr und alles verstand, sah er die Tränen in ihren Augen.

»Ich kann nicht mehr«, sagte sie leise.

»Du arbeitest?«, fragte er. »Hier am Strand? Heute, an diesem schönen Tag?«

»Ich kann nicht mehr. Es ist einfach zu viel. Ich schaffe das nicht. Ich schaffe nicht mal die Hälfte. Ich versage auf der Arbeit – und dann komme ich nach Hause, viel zu spät und viel zu gestresst, und schreie auch noch die Kinder an. Und dann«, sie lachte bitter, »wirfst du mir noch vor, ich würde dich betrügen. Dabei …«

Sie riss ihm das Handy aus der Hand und öffnete eine andere Mail. Dann gab sie ihm das Handy wieder. Er las die Nachricht, und sein Gesicht wurde blass.

»Ist das ein Geständnis?« Er fragte es so heiser, dass er fürchtete, gar nicht mehr reden zu können. Ihn hatte bei der Lektüre die pure Angst erfasst. Also doch, sie hatte etwas – mit ihrem Chef. Doch statt eines Geständnisses funkelte sie ihn so wütend an, wie er es selten zuvor gesehen hatte.

»Willst du mich verarschen, Davide? Du kennst mich schon so lange. Meinst du, ich stehe auf irgendeinen schmierigen Anzugträger aus Madrid, der kommt, um mich in einem Hotelzimmer zu verführen? Einmal im Monat? Immer auf Abruf? Ich? Ich stehe auf wilde Typen in Uniformen – so wie dich damals. Und nicht auf einen Kerl, der mir ein Zwinkersmiley schickt. Ey, das ist doch nicht dein Ernst. Ich könnte kotzen, wenn ich das lese. Und müsste es eigentlich sofort der Beauftragten für sexuelle Übergriffe melden. Aber leider ist der Typ der CEO, wenn sie den feuern – na, was denn dann? Also muss ich diesen Scheiß ignorieren. Hast du das gelesen? *Verehrte.* Er wollte wohl *Begehrte* schreiben. Ich krieg die pure Wut. Und was machst du? Anstatt diesen Typen zu besuchen und ihm eine zu verpassen, vergehst du in Schiss darüber, dass ich was mit dem anfangen könnte? Was ist denn los mit dir – was ist los mit uns?«

Al tramonto
Bei Sonnenuntergang

Felice

Sie hatte ihn nur aus dem Augenwinkel wahrgenommen. Aber es stimmte, die Bewegung hatte sie nicht getrogen. Der ruhige Wirt, dieser kräftige Mann, der immer so freundlich war – und von einer so großen Kraft, dass sie nicht umhin konnte, trotz seines fortgeschrittenen Alters den jungen Mann in ihm zu sehen –, der hatte ihr zugewinkt. Sie fuhr sich durchs Haar, als wollte sie das Wasser abstreifen, aber sie brauchte diesen Moment, dann kniff sie die Augen zusammen und ging langsam auf die Bar zu. Es war die perfekte Stunde vor Sonnenuntergang. Die Kontraste waren nun so scharf, wie die Schatten lang geworden waren. Alle Farben wirkten zu dieser Stunde noch satter und leuchtender. Das Gelb der Liegen und das Blau-Gelb der Sonnenschirme schienen gleichermaßen zu strahlen, das Meer zeigte sich jetzt in einem glänzenden Türkis. Und der Sand schimmerte nicht mehr weiß, sondern war von einem hellen Gold. Alles war so klar zu dieser Stunde, nicht nur außen an diesem Strand, auch in ihr schienen die Dinge gerade vollkommen klar zu sein. Nachdem sie vorhin an Land gekommen war, mit diesem freundlichen, wenn auch ein wenig verpeilten Familienvater, da hatte sie gespürt, dass es Männer gab, die nicht alles ausschlugen, jede Gelegenheit verstreichen ließen, um Spaß zu haben. Sondern dass sie sehr gut in diese Welt passte, in der Menschen miteinander Freuden teilten, quatschten, das Leben genossen. Und so hatte sich, als sie auf der Liege lag und die Sonne auf ihren Bauch schien, der Entschluss durchgesetzt, dass sie sich den Spaß am Leben künftig nicht mehr nehmen lassen würde. Sie wollte ihn mit Alberto teilen, diesen Entschluss, sie hatte ihn sprechen wollen, ihn auffordern, sie doch zu begleiten zu der Party übernächste Woche und dann auch nach Sansibar – bitte, bitte –, aber er … Es war einfach alles aussichtslos.

Und nun, als sie zurückgekommen war, lag er da, als hätte er ihre Worte – ihre Trennung von ihm – gar nicht gehört, auch wenn sie eben ein Schluchzen vernommen hatte, sein Körper hatte im Liegen gebebt, aber sie wusste nicht, was sie hätte tun können.

Es war vorbei.

Sie hatte Hummeln im Hintern, deshalb war sie nach kurzer Zeit wieder aufgestanden, hatte überlegt, ob sie das Mädchen jetzt mal ansprechen sollte, um von ihrer eigenen Erfahrung mit Essstörungen zu berichten, aber da hatte sie gesehen, dass die junge Frau mit dem neonfarbenen Bikini gerade mit dem älteren Sohn und den Zwillingen der Familie im Wasser Ball spielte – alle vier sahen aus, als hätten sie riesigen Spaß. Auch Felice musste schon beim Zusehen lächeln. Irgendwie fühlte sie sich gerade so frei. Sie konnte seine Anwesenheit nicht mehr ertragen. Und dann hatte sie aus dem Augenwinkel den Wirt wahrgenommen, zu dem sie nun unterwegs war und der sie, als sie endlich am Tresen stand, fröhlich anlächelte.

»Na, Signorina, ich hab gesehen, dass Sie mal jemanden zum Quatschen brauchen. Schauen Sie, ich hab hier was, damit uns allen ein bisschen düselig wird.«

Er rührte gerade mit einem Stab zwei Gläser mit Campari und Prosecco um, das Eis klirrte so fein, dass Felice sofort das Wasser im Mund zusammenlief. Der Wirt schnitt noch zwei Scheiben von einer Orange ab, der Saft spritzte nach allen

Seiten. Felice wunderte sich, dass er die Worte ihres Freundes zitiert hatte – düselig –, er hatte es sich also gemerkt. Gleichzeitig ärgerte sie sich, dass sie Alberto in Gedanken immer noch *ihren Freund* nannte. Der Fischer auf seinem Hocker sah ihr dabei zu, wie sie das Glas annahm. Dann stieß sie mit dem Wirt an, nickte dem alten Mann zu und trank einen kräftigen Schluck.

»Chinchin, ich bin Enzo«, sagte der Mann hinterm Tresen.

»Felice«, erwiderte sie und hielt das Glas noch mal in die Höhe. Die Mischung war vortrefflich, der bittere Campari, die feinen Perlen im Prosecco, dazu die Kühle des Eises, sie konnte förmlich hören, wie sich der Knoten in ihrem Bauch löste.

»Das haben Sie sich wirklich verdient, Signorina«, sagte Enzo. »Sie müssen verzeihen, wir beide – und ich hoffe, ich darf auch für meinen lieben Signor Conte hier sprechen –, wir beide jedenfalls konnten nicht anders als zuzuhören, dabei liegt es uns wirklich fern, anderer Leute Privatleben zu belauschen. Aber Sie …«

Felice spürte, wie ihr Röte auf die Wangen trat, sie trank schnell einen Schluck, dann lächelte sie. »Ich weiß, ich war etwas zu emotional. Es … es tut …«

»Bitte«, sagte Enzo.

»Aber das musste doch wirklich mal sein, verstehen Sie? Nein, wahrscheinlich können Sie sich nicht vorstellen …« Sie brach ab, und ein merkwürdiger Moment entstand. Enzo räusperte sich, dann ergriff er wieder das Wort, seine Stimme war tiefer und ruhiger als zuvor, so als ginge es jetzt um etwas, und Felice lauschte ganz genau, weil sie jedes Wort verstehen wollte.

»Ich kann Sie gut verstehen, Signorina – und was ich jetzt sage, dürfen Sie auf keinen Fall in den falschen Hals bekommen. Es gibt sicherlich viele Männer – auch meines Alters, wenn ich das sagen darf –, die Ihnen jetzt nach dem Mund reden würden, weil Sie gerade in einer Krise sind, und diese Männer würden sich dann etwas erhoffen, weil Sie eine junge und sehr attraktive Frau sind.«

Wieder war da diese Röte, aber diesmal ließ sie das Glas in der ausgestreckten Hand, sie wollte weiter zuhören, die Worte wärmten sie, und dennoch war sie gespannt, worauf er hinauswollte.

»Ich kann Ihnen aber versichern, dass ich keiner dieser Männer bin, weil ich sehr wohl weiß, wie alt Sie sind und wie alt ich bin – und weil ich zudem nicht diesen Phantasien anhänge. Deshalb meine ich es, wie ich es sage: Sie haben das Richtige getan.«

»Meinen Sie wirklich?« Sie sah ihn an, dann blickte sie wieder zu Boden. Sie wusste, dass er recht hatte, und dennoch war da ein Gefühl, klein und dunkel, das sich angeschlichen hatte, als sie wieder an Land geschwommen war. »Ich fühle mich nämlich ein wenig dämlich, ganz so, als wäre ich wahnsinnig selbstbezogen gewesen mit meiner Szene.«

»Aber Sie haben endlich einmal das Feuer gezeigt, Signorina. Das Feuer, das in Ihnen lodert.«

Enzo hieb mit der flachen Hand auf seinen Tresen, eine Geste, die sie diesem beherrschten Riesen niemals zugetraut hätte. »Ich beobachte Sie jetzt schon seit einem halben Jahr. Sie kommen immer ganz früh, und da habe ich mir schon am Anfang gedacht: Was machen diese jungen Leute hier so früh? Sie kommen aus Turin, ich habe das an Ihrem Kennzeichen gesehen – wann fahren Sie dann los? Um sechs? Aber gehen Sie denn nicht aus am Samstag? Ich habe das nicht verstanden.«

Felice sah ihn überrascht an, sie musste sich sogar richtiggehend zwingen, den Mund zu schließen, so erstaunt war sie.

»All das haben Sie gedacht? Sie sind ja ... nun, was eigentlich, ein Psychologe?«

»Strandphilosoph vielleicht, meine Frau sagte das immer. Aber ...«, er räusperte sich wieder, sein Blick suchte etwas, streifte einen Moment lang unruhig im Raum herum, dann legte sich ein leichtes Lächeln auf seine Züge, und seine Stimme war wieder so tief wie zuvor. »Nun ja, jedenfalls hab ich Sie natürlich beobachtet – und Sie, Signora, Sie sind so voller Leben, wenn Sie mit den Kindern am Strand Ball spielen oder mit der alten Dame in der ersten Reihe ein Schwätzchen halten.«

»Ja, wo ist sie eigentlich? Ich habe sie gar nicht gesehen, ist sie nicht immer sonntags da?«

»Ich suche sie auch, aber es ist Gott sei Dank noch nicht so weit gekommen, dass sich meine Stammgäste abmelden müssen. Nun – jedenfalls sehe ich Sie und wie Sie den Kontakt zu Menschen suchen und plaudern und lachen, während Ihr Freund am liebsten nur daliegt und den Schatten sucht und mit keiner Menschenseele spricht, nicht einmal mit Ihnen. Wissen Sie ...«, er machte eine lange Pause, als suchte er nach Worten, dann endlich, sie wusste gar nicht mehr, was sie mit ihrer freien Hand machen sollte, fuhr er fort: »Es geht mich ja wirklich nichts an, und vielleicht sagen Sie mir auch gleich, dass das zu weit geht, aber: Für mich ist Ihr Freund schon ein alter Mann, er will nichts erleben, und er will keine Begegnungen – das gibt es, ich verurteile das gar nicht –, aber Sie sind eine Abenteurerin und deshalb ... Ja, deshalb ist es sicher besser, wenn Sie getrennte Wege gehen.«

Das waren die Worte, die sie erwartet, nein, das war falsch, es war mehr als das: Es waren die Worte, die zu hören sie sich gewünscht hatte. Sie sah, wie der Wirt schwer atmete und einen Schluck von seinem Apéro nahm, das Geständnis schien ihn erschöpft zu haben. Er sah sie ein wenig von oben herab an. »*Scusi*, Signorina ...«

»Nein«, sagte sie leise, »bitte: Sie müssen sich nicht entschuldigen. Sie haben recht, Sie haben ganz und gar recht. Er ist wie ein alter Mann – mit Verlaub«, sie blickte den Fischer an, der unruhig auf seinem Hocker herumrutschte, »ich habe nichts gegen alte Männer ... Aber er hat kein Temperament, und er hat keinen Esprit, und ich weiß auch gar nicht, ob er wirklich Freude empfinden kann.« Sie wagte es nicht, zu der Liege ganz hinten zu blicken. Alberto war noch da, sie konnte ihn spüren. Sie hoffte, dass ihre Stimme nicht bis zu ihm zu hören war. »Na, jedenfalls bin ich froh, dass es raus ist – denn Sie haben recht. Ich möchte Abenteuer erleben, und ich dachte immer, meine Liebe zu Alberto sei so stark, dass es reichen würde, um es mir zu verbieten, aber ... ein Leben ist doch ...«

»Zu lang ...«, sagte Enzo nach einer Pause, »ja, der Liebe wegen alles aufzugeben, dafür ist ein Leben zu lang. Und wer weiß, ob es dann noch Liebe ...«

»Vielleicht hat er Angst.«

Sie wusste zuerst gar nicht, woher die Stimme gekommen war. Sie blickte sich um, dann blieb ihr Blick an dem Fischer hängen. Sie wusste nicht, woran sie erkennen konnte, ob er es war, der gesprochen hatte, sie hatte seine Stimme schließlich noch nie gehört. Doch Enzo hatte sie wohl schon mal gehört, denn er lehnte sich sogar über den Tresen, als wäre er vor Überraschung zum Sprung bereit.

»Was meinst du, Beppe?«

»Vielleicht hat er Angst. Ihr Freund.«

Die Stimme des Fischers klang jünger, als sie erwartet hätte. Auch nicht ganz so tief wie Enzos, aber rau, so als wäre jedes Wort, das er verlor, eine Zumutung für ihn. Oder als sei er komplett aus der Übung, was das Sprechen betraf.

»Wie meinen Sie das denn? Wovor soll er Angst haben?«

»Es klingt gerade so, als hätte er Angst vor allem. Vor dem Leben in jedem Fall.«

»Und woher willst du das wissen?«

»Ich weiß es nicht. Aber ich höre euch zu, und da hatte ich diese ... na ja, diese Idee.«

»Aber woher willst du das denn wissen? Du kennst ihn doch gar nicht.«

»Ich sitze hier jeden Sonntag, Enzo, ich habe Augen im Kopf.«

»Aber ...«

»Ich hab auch Angst.« Sein Satz verursachte sofort eine Stille am Tresen, er hatte ihn ganz anders gesagt als die wenigen Sätze davor, es war kein Anfang, eher ein Abschluss. Enzo stellte sein Glas ab und verschränkte die Arme vor der Brust, er schien fast wütend über diese Wende der Ereignisse.

»Aber du bist Fischer, Beppe, du bist immer auf dem Meer. Wie kannst du denn Angst haben?«

Giuseppe Conte lachte leise, es war ein heiseres Lachen, eher wie der Husten eines scheuen Tieres.

»Ich hab doch keine Angst vor dem Da-draußen-Sein«, sagte er, und sein Blick verlor sich in dem Blau des frühen Abends. »Wenn eine Welle kommt und mich über Bord holt, dann brauche ich keine Angst mehr zu haben, so schnell geht das.« Er schüttelte den Kopf, dann sah er Felice mit festem Blick an. »Nein, ich habe gehörige Angst vor dem Hier. Vor allem. Hier, an diesem Strand, bei allen Unterhaltungen, in einer Bar oder auf der Straße, da kann so viel passieren, dem ich nicht gewachsen bin. Ich ... Verstehen Sie mich nicht falsch, ich habe keine Angst davor, dass mich ein Auto anfährt oder dass ein Terrorist auf mich schießt, alles Sachen, die einem ja passieren können und vor denen die Leute heute so allgemein Angst haben. Das ist es aber nicht, was mich umtreibt. Ich habe Angst, dass Sie mich für dumm halten, junge Frau, oder dass mich jemand auslacht. Oder dass ich allein bleibe, für immer ... allein.« Seine Stimme war so heiser jetzt, und vielleicht waren es seine Stimme, vielleicht die Art, vielleicht sein Worte, dass Felice spürte, wie ihre Augen feucht wurden. »Wissen Sie, in dieser Welt der eloquenten Leute, der jungen Menschen, der Freude, all dieser Lebensfreude, da kann für einen Mann wie mich sehr viel schiefgehen, ich kann sehr oft missverstanden werden. Deshalb liebe ich es dort draußen, und ich habe mich darauf verlegt, einfach gar nicht mehr zu sprechen. Dabei spreche ich gerne – mit mir, ja, wahrscheinlich nur mit mir. Aber ich würde viel lieber mit jemand anderem sprechen – aber um das festzustellen, musste ich sehr alt werden. Ich musste so alt werden, um festzustellen, dass ich keine Angst haben darf vor der stärksten Sehnsucht meines Lebens.«

Felice und Enzo sahen den alten Mann lange an. »Ich hab dich noch nie so lange reden hören«, murmelte der Wirt. »Wann haben Sie das denn verstanden?«, fragte Felice.

»Witzig, dass Sie das fragen«, sagte Signor Conte und lächelte. »Es ist genau heute geschehen. Weil meine Angst heute am größten ist.«

Die junge Frau konnte nicht anders, sie griff nach seiner Hand, während der Wirt den Alten von der Seite aus ansah, als verstünde er gar nichts.

»Fragen Sie nicht, ich werde es nicht erzählen«, murmelte der Fischer, »ich muss das erst mit mir klären, wenn ich weiß, ob die Angst berechtigt ist. Momentan bin ich voller Sorge. Aber Sie ... Sie sollten nicht warten. Sondern besser ...«

Sie nickte. Es war nicht nötig, dass er weitersprach. Außerdem war jedes weitere Wort einfach nur schmerzhaft. Felice blickte zur Seite, doch die Liege im Schatten unter dem Sonnenschirm war leer.

Ada

Sie konnte nichts dagegen machen, das Lächeln blieb auf ihrem Gesicht. Es war so ein schöner Tag geworden, zu acht in diesem winzigen Krankenzimmer, eine richtige Feier war es gewesen, ja, Ada musste sogar zugeben, dass sie am Ende einen kleinen Schwips hatte.

So ungleich sie alle waren, die jungen Frauen auf ihren hohen Absätzen und mit ihren schicken Kleidern und Kostümen und sie selbst, die ältere Dame in dem schlichten dunkelgrünen Kleid und den flachen schwarzen Lederschuhen, die sich eigentlich nur auf dem Weg zum Strand befunden hatte, aber hineingeraten war in eine wüste, fröhliche und vor allem wahnsinnig rührende Party auf zehn Quadratmetern, mit Schläuchen an der Wand, piependen Maschinen und einem sehr hübschen Pfleger, der viel zu oft, zum Schluss sogar halbstündlich hereinkam, um nach der Patientin zu sehen – natürlich kam er aus ganz anderen, sehr naheliegenden Gründen –, und sie hatten sehr viel gelacht, über ihn und mit ihm.

Die Sonne stand schon sehr tief, fast schien sie die Häuser zu berühren, die vor ihr lagen, die erste Strandreihe war das. In einer halben Stunde würde sie untergehen. Ada hatte überlegt, ob sie ihren Schwips gleich nach Hause tragen sollte, ein Bad in der Wanne, ein paar Seiten lesen, damit sie am nächsten Tag auf der Arbeit wieder vorzeigbar sein würde – andererseits: Die Damen waren ja auch ganz schön angeschossen – sie musste leise kichern, als sie dieses Wort noch mal etwas lauter aussprach –, deshalb wären sie morgen also alle ramponiert, außerdem war die Sehnsucht nach dem Meer einfach zu groß. Sie hatte es aus dem Krankenzimmer heraus beobachtet, sie hatte die Party nicht verlassen wollen – nein, ganz und gar nicht –, aber ihr liebster Ort an jedem Sonntag war doch stets in ihren Gedanken und ihrem Blick zu finden gewesen.

Sie lief durch den Schatten, den die hohen, teils maroden Häuser, die dennoch einen unbezahlbaren Meeresblick hatten, auf den Strand warfen. Und dann trat sie in die Sonne, und ihr Gang beschleunigte sich, sie zog die Schuhe schon aus, als sie noch auf der Promenade stand, nahm sie in die eine, die Tasche in die andere Hand, und dann legte sie noch einen Gang zu, sie rannte fast, ein riesiges Lächeln auf dem Gesicht, dort vorne waren schon die Schirme und die Liegen, leuchtendes Blau, leuchtendes Gelb, zu keiner anderen Zeit des Tages konkurrierten die Farben des Bagnos stärker mit dem Blau und dem Gelb von Meer und Sonne als jetzt, kurz vor dem Sonnenuntergang, in den wenigen Minuten, bevor der Himmel in ein tiefes, feuerndes Rot getaucht wurde.

Sie sah ihre Liege, erste Reihe, ganz rechts, sie sah die junge Frau, die ihr entgegenkam, allein, merkwürdig. »Salve!«, rief Ada, sie winkte ihr, sie unterhielten sich oft in bester Stimmung, doch diesmal – die junge Frau, Felice, so hieß sie doch, ging einfach vorbei, sie schien sie nur aus den Augenwinkeln zu erkennen, dann aber blieb sie stehen.

»Alles in Ordnung, mein Kind?«, fragte Ada, doch Felice schüttelte nur den Kopf, »Nein, eigentlich nicht, nein«, und dann war sie schon wieder auf den Beinen und lief weiter, die Ältere sah ihr nach und überlegte, ob sie da wirklich Tränen gesehen hatte. Was war denn hier los? An einem Sonntag sollte man seinen Strandabschnitt wirklich nie allein lassen. Als sie jedoch das Meer sah, vergaß sie die Begegnung für einen kurzen Augenblick, trat auf die hölzernen Bohlen und dann, an der kleinen Hütte, schritt sie um die Ecke und rief laut und lachend:

»Da bin ich.« Sie wusste selbst nicht, was in sie gefahren war, so gut hatte sie sich ewig nicht mehr gefühlt.

»Signora Amoretti, na endlich, ich wollte schon eine Vermisstenanzeige aufgeben. Ist alles in Ordnung?«

»Aber ja, *caro*, alles bestens, es war nur etwas dazwischengekommen.«

Sie nickte Signor Conte freundlich zu, der neben seinem Hocker stand und sie anlächelte. Sie erschrak beinahe. Hatte sie ihn je lächeln gesehen?

»Meine Liege ist frei?«

»Ich habe sie den ganzen Tag nicht weggegeben, woher sollte ich denn wissen, wann Sie kommen?«

»Sie sind ein Schatz, Enzo. Kann ich bitte ein Wasser haben? *Con gas?*«

»Darf ich Sie auf ein Glas einladen?«

Sie wusste nicht, was sie machen sollte – natürlich wusste sie, dass es Conte war, der gesprochen hatte, sie sprach ja zwei- oder dreimal die Woche auf ihrer Arbeit mit ihm. Aber dass er sie mal auf ein Glas einladen würde ... Sie spürte, wie ihr warm wurde. Das war nicht mehr der Schwips, na ja, vielleicht schon ein wenig, aber da war noch etwas anderes.

»Ein Glas Champagner? Ein Wein? Oder ...« Conte ruderte ein wenig mit den Händen, als würde er sich selbst aus der Ruhe bringen.

»Sehr gerne dürfen Sie mich einladen, Signore«, sagte Ada, seine Unruhe verhalf ihr selbst wieder zu innerer Balance, »aber ich habe den ganzen Tag Sekt getrunken. Können wir vielleicht ein Bier trinken? Wäre das in Ordnung?«

Signor Conte strahlte über das ganze Gesicht, als er Enzo ein Zeichen gab. »Der junge Mann da vorne«, er wies auf Davide, »hat ja vorhin gebrüllt, er würde auch gerne den ganzen Tag so hier sitzen wie ich und ständig Wein trinken. Wenn der wüsste. Also, dann nehmen wir noch etwas – zwei Bier *alla spina, per favore.*« Der Wirt trat an den Zapfhahn und nahm zwei Gläser aus der Kühltruhe. Er zog am Hahn, und das kalte Bier lief in die noch kälteren Gläser, und schon nach Sekunden stellte er die beiden auf den Tresen und nickte dem Fischer zu.

»Wollen wir ...« Conte wies in Richtung der ersten Strandreihe. »Ich sehe, die Liege neben Ihrer ist auch frei, vielleicht darf ich Sie zu Ihrem Platz begleiten? Die Sonne geht gleich unter.«

»Los geht's«, sagte Ada, griff ihr Glas und ging schnell voran, sie musste schnell sein, so konnte sie verhindern, dass er vor ihr lief und ihr Gesicht sah, aus dem das nun noch viel größere Lächeln nicht zu tilgen war.

Alberto

Er hatte sich so oft darauf vorbereitet, dass ihn jetzt gar nicht die angemessene Panik ergriff. Es war einfach genau so, wie er es tausendmal durchlebt und sich selbst vorhergesagt hatte. Wie es nachts über ihn gekommen war, immer wieder um genau vier Uhr, wenn die Dämonen ihren Auftritt hatten, er wach lag und sie atmen hörte, in dem Wissen, dass sie irgendwann nicht mehr dort liegen würde.

Alberto wusste nicht, warum ihn seine Beine immer noch trugen, er befürchtete, einfach vom Gehsteig zu stolpern und auf die Hauptstraße zu geraten. Obwohl ... Was wäre denn dann eigentlich? Er ging langsam weiter, vernahm Schritte hinter sich, ein Keuchen, dann rief sie:

»Alberto ... Warte.«

Er blieb stehen, drehte sich um, da stand sie schon vor ihm, sah ihn an, wütend, ängstlich, und so viel mehr noch lag in ihrem Blick. Sie nahm seine Hände, und dann fragte sie leise:

»Warum hast du denn nichts gesagt?«

»Was ...«

»Dass du so krasse Angst hast, ich hab das jetzt erst verstanden.«

»Aber ...«

»Ich habe es jetzt erst verstanden, weil mich erst jetzt ein Mann darauf gestoßen hat – und dann hab ich das alles vor mir gesehen: die Zeit, als es sich veränderte. Als du dich verändertest. Als du nicht mehr mit in den Supermarkt gehen wolltest und immer Ausreden hattest, wenn ich mit dir ins Kino wollte oder in die Bar. Die Bauchschmerzen, die du immer hattest – oder die viele Arbeit zu Hause. Ich ... Warum hast du mir nichts gesagt?«

Alberto stand vor ihr wie ein kleiner Junge. Er konnte nicht anders, als ihre Hände zu betrachten, die seine hielten. Seine Hände, die viel größer waren, aber doch schien es ihm, als hätten sie kein bisschen Kraft, als wären da nur ihre Hände, die ihn hielten und schützten. Und gleich darauf sah er alle vier Hände nur noch verschwommen, weil sich seine Augen mit Tränen füllten.

»Ich konnte es dir nicht sagen«, flüsterte er. »Ich weiß ja in jedem Moment meines Lebens, das etwas mit mir nicht stimmt. Wenn ich aufwache, ist es das Erste, an das ich denke – und wenn ich ewig wach liege, bis ich einschlafen kann, ist das wieder mein einziger Gedanke. Weißt du, das begleitet mich jetzt schon so lange, und ich habe keine Ahnung, was ich falsch gemacht habe. Ich weiß nur ganz sicher, dass mit mir hier drinnen etwas nicht stimmt.« Er tippte sich fest an den Kopf und sah, wie sie zusammenzuckte, weil die Geste so schmerzhaft wirkte. »Wie konnte ich dir das sagen? Ich wusste ja, dass der Moment kommen würde, an dem du genug hast – du willst ja nicht mit einem emotionalen Krüppel zusammenleben, der dir nichts bietet. Ich schaffe es ja nicht mal in ein verdammtes Kino – Herrgott.« Die letzten Worte hatte er geschrien, und sie zuckte wieder zusammen, ihre Augen waren feucht, zwei Tränen liefen über ihre Wangen. »Kannst du dir das vorstellen? Ich war ja schon immer komisch, auch als Kind. Aber als wir dann zwei Jahre zusammen waren, da wurde es immer schlimmer.« Er konnte nicht mehr stehen, weil er so erschöpft war und gleichzeitig adrenalingeladen. Er wand sich aus ihrem Griff und setzte sich auf den Bürgersteig, den Kopf auf die Hände gestützt. »Ich habe morgens gebetet, dass du aus dem Haus gehst, weil ich es nicht mehr aushielt mit mir, aber wenn du dann weg warst, dann habe ich mich so allein gefühlt. Ich hab immer zu Hause gearbeitet, weil ich nicht rauskonnte – Scheiße, ich habe es an manchen Tagen nicht mal zum Briefkasten geschafft. Und warum habe ich dich zum Einkaufen geschickt, obwohl ich den lieben langen Tag zu Hause war? Weil ich in der Schlange an der Kasse vom Supermarkt einmal so geschwitzt habe, dass ich den Wagen hab stehen lassen und rausgerannt bin.«

»Ich erinnere mich«, sagte Felice, »du hast gesagt, du hättest dein Portemonnaie vergessen. Dabei war ich ganz sicher, dass du es mitgenommen hattest. Du vergisst nie etwas.«

»Ich würde so gerne mit dir in den Urlaub fahren, nach Sansibar. Aber echt, ich hab dermaßen Angst vor dem Flug, ich kann ja nicht mal nach Rom fliegen oder in der Stadt Bus fahren. Ich kann doch nicht in den Dschungel. In ein Baumhaus im Dschungel«, er lachte bitter auf. »Oder in ein Hotel, das ich nicht kenne. Mensch, ich traue mich nicht mal, hier die Nudeln zu essen, weil ich Angst habe, dass mir dann hier vor allen Leuten übel wird.«

Felice hörte ihm gebannt zu und schüttelte traurig den Kopf.

»Ich hab dich beneidet«, fuhr er fort, »um deine Offenheit und um deine Freunde. Meine Freunde waren lange weg, das hält ja keiner aus, wenn der andere immer absagt. Du aber hast es ausgehalten – als Einzige. Aber ich wusste, wenn ich weiter in meiner eigenen Welt bliebe, dann wärst du bald weg. Also ...« Wieder brach seine Stimme, und er begann zu weinen, das Gesicht in den Händen verborgen. Er spürte Felice neben sich, aber sie berührte ihn nicht.

»Also hast du mir meine Freunde madig gemacht, damit ...«

»Damit du bleibst. Ja. Um dich in meine Welt zu holen. Es tut mir so leid.«

»Du hättest es mir sagen müssen.«

»Aber wenn ich es dir erklärt hätte, dann wärst du gleich weg gewesen. Dann hättest du die Bestätigung dafür, dass ich verrückt bin – und dann wäre ich ganz allein. Also wollte ich so lange weitermachen, wie du es ertragen konntest. Bis heute eben. Es tut mir so leid.«

»Es muss dir nicht leidtun, ich bitte dich, mir tut es leid, dass du offenbar nicht genug Vertrauen in mich hattest, um deine Sorgen mit mir zu teilen. Ich … Ehrlich, ich kann mir nicht vorstellen, wie groß dein Schmerz sein muss. Ich …«

Er sah auf, blickte ihr fest in die Augen, und dann nahm er ihre Hand, während er aufstand und sie mit sich auf die Beine zog. »Es tut mir leid. Ich habe dir so viel Zeit gestohlen, so viele schöne Erlebnisse, nur durch meine Angst. Du hast recht, es muss aufhören, jetzt und hier und heute. Ich weiß noch nicht«, wieder ein Räuspern, »ich weiß noch nicht, wie es weitergeht, sicher wird es erst mal schlimmer, ich will es mir nicht ausmalen, obwohl es natürlich das ist, was ich die ganze Zeit tue – mir die schlimmsten Dinge auszumalen. Andererseits: Vielleicht ist dieser Tag das, was man allgemein einen heilsamen Schock nennt. Und wenn du weg bist, habe ich ja nicht viele Möglichkeiten: Ich kann mich in der Wohnung verkriechen, für alle Zeit, dann bin ich in zehn Jahren ein verwahrloster Mann – oder ich traue mich irgendwas. Ich weiß noch nicht wie, aber es wird schon werden.«

Alberto sah, wie Felice einen Schritt auf ihn zutrat, dann noch einen. Ganz leise flüsterte sie:

»Wir gehen jetzt nach Hause. Und morgen machen wir uns auf die Suche nach einem Therapieplatz. Wir kriegen das hin. Zusammen. Ich glaube, wenn wir einmal gemeinsam an der

Kasse stehen, dann wird das schon …« Alberto wollte etwas murmeln, aber sie legte ihm den Finger auf die Unterlippe. »Und wenn du mir jetzt widersprichst, dann verspreche ich dir, wirst du bald vor mir Angst haben müssen, verstanden?«

Caetana & Giacopo

»Ich will jetzt buddeln!«, rief Francesca, nachdem ihr zum vierten Mal der Ball ins Wasser gefallen war. »Ich auch«, echote Fabio.

»Na gut, dann ab mit euch zu Mama«, sagte Giacopo, nachdem er einen Seitenblick geworfen und festgestellt hatte, dass im elterlichen Kriegsgebiet ein Waffenstillstand vereinbart worden war und seine Mama auf der Liege wieder die *Grazia* las – mittlerweile musste sie alle Geschichten auswendig kennen, dachte er. Er sah, wie die Kleinen losrannten, dass das Wasser spritzte. Was war nur so toll daran, im Sand zu buddeln …

»Das war echt schön.« Er sah Caetana lächelnd an, während sie ihre nassen Haare nach hinten strich. Sie war dem Ball mehrfach hinterhergehastet und dabei absichtlich ins Wasser gefallen, was die Zwillinge mit Kreischen und Lachen quittiert hatten. »Du kannst echt toll mit kleinen Kindern.«

»Du aber auch«, sagte sie. »Sag mal, wollen wir rausschwimmen und dort …«, sie wies zu den Felsen, »ein bisschen abhängen?«

»Wir … beide?« Er zeigte tatsächlich auf sie und ihn.

Sie sah sich nach allen Seiten um und grinste. »Na, wenn auch noch eine Riesenschildkröte mitkommen will, dann sehr gerne. Aber eigentlich nur wir beide, ja.«

»Ich mag Riesenschildkröten«, murmelte er, weil ihm nichts Klügeres einfallen wollte.

»Wer zuerst da ist!«, rief sie und sprang ins tiefe Wasser, und er hechtete hinterher, versuchte sie einzuholen, doch Caetana schwamm gut und schnell, sie kraulte vor ihm her, zog eine gerade Bahn und erreichte die Felsen weit draußen sicher eine halbe Minute vor ihm, obwohl auch er kein schlechter Schwimmer war.

»Boah, bist du schnell«, sagte er.

»Nicht gedacht, was? Bin halt ein Mädchen mit Power.«

Sie reichte ihm die Hand und half ihm auf den Stein. »Voll schön hier«, sagte sie und wies auf die Strandlinie. »Es ist wie gemalt, hmm?« Da waren die Bagni, all die bunten Sonnenschirme, die Liegen, und es war so ordentlich, wie sie da aufgereiht standen, alle in ihren Farben, erst das rot-grüne, dann ihr blau-gelbes, daneben das schwarz-weiße, dass es wirklich aussah wie ein Gemälde, von einem sehr sorgfältigen Künstler erdacht.

»Echt schön«, sagte er und stellte seine Hände hinter sich auf den Felsen, um den Kopf nach hinten zu strecken und in den Himmel zu schauen. Die kleinen weißen Wölkchen zogen ganz langsam über sie hinweg.

»Und nun sind wir hier.«

»Ja, nun sind wir hier.«

Gott sei Dank hatte sie es zuerst gesagt, sonst hätte er sich wieder selbst ohrfeigen müssen, weil er so etwas Unbeholfenes gesagt hatte.

»Fühlt sich merkwürdig an, oder?«

»Wieso?«

»Na«, Giacopo spürte, wie er rot wurde, »ich weiß auch nicht. In der Schule – da ist ja alles immer so fremd und du … Na ja, ich weiß auch nicht. Da redest du jedenfalls nicht mit mir – oder springst einfach ins Meer und sagst, ich solle dir hinterherschwimmen.«

»In der Schule haben wir ja auch kein Meer«, sagte sie und lächelte. »Im Ernst, ich finde es nicht merkwürdig, ich finde es sehr schön.«

Er wusste nicht, wie ihm geschah, als sie ihren Kopf auf seine Schulter legte und er spürte, wie ihre nassen Haare ihn kitzelten, ihn kühlten. Doch es war nur ein ganz kurzer Moment, denn schon gleich darauf nahm sie den Kopf wieder weg, drückte sich mit den Händen vom Felsen ab und rutschte ein Stück von ihm weg. Mist, dachte er. *Mist* und *schade*. Aber war ja klar, dass der Traum nur eine Minute dauerte. Sicher hatte sie am Strand einen ihrer besten Freunde gesehen und würde gleich ins Wasser springen und davonschwimmen. Aber weit gefehlt. Sie drehte sich zu ihm, sodass sie im Schneidersitz vor ihm saß, und sah ihn herausfordernd an.

»Weißt du, dass ich dich in der Schule richtig blöd finde?«

»Mich? Aber wieso ...«

»Ihr, ihr Jungs, ihr macht die ganze Zeit doofe Sprüche und benehmt euch wie Machos, und dabei seid ihr so klein mit Hut und spielt nur eure komischen Computerballerspiele und habt irgendwelche dämlichen Insiderwitze. Es ist einfach nicht möglich, ein normales Wort mit dir zu wechseln oder mit deinen komischen Freunden, weil ihr ... Ich weiß es nicht, findest du mich dumm oder so? Vielleicht zu snobby? Oder glaubst du, ich bin 'ne dämliche Tussi?«

Giacopo stammelte, als er nach Sekunden antwortete. »Nein, aber ... Nein, Caetana, wie kommst du denn darauf? Ich ... keine Ahnung, du bist so ... so anders als ich. Ihr habt dieses große Haus, und du bist so hübsch und hängst mit den anderen hübschen Mädchen ab, und ich ... Ich bin dir sicher gar nicht gut genug. Weshalb sollte ich dich ansprechen? Um mir 'nen Korb abzuholen und mich komplett zu blamieren?«

Sie betrachtete nicht ihn, sondern das Meer und sagte nach einer Weile:

»Ich hab dich mit deinen Geschwistern beobachtet und hab gesehen, wie sie dich angeschaut haben. Und wie du mit ihnen umgegangen bist. Da dachte ich fast, du wärst der Papa. Du warst so ... na ja, so lieb und fürsorglich, dass ich ... Keine Ahnung, ich fand das einfach schön.«

Sie griff nach seiner Hand, und er wusste nicht, ob er sie wegziehen sollte, weil er so aufgeregt war und weil er unbedingt wollte, dass sie weitersprach.

»Vielleicht bin ich wirklich unnahbar. Ein wenig.« Sie lächelte. »Aber das ist nur, weil ich aufpassen muss. Auf mich, meine ich. Weißt du, ich seh ja, wie es bei euch läuft – mit deinen Eltern, meine ich. Und das tut mir total leid, weil du da jetzt so stark sein musst für deine kleinen Geschwister und dabei wahrscheinlich selbst nur heulen willst.« Sie schüttelte den Kopf und senkte ihn dabei. »Sorry, ich meine, wir müssen da nicht drüber reden. Das wäre das Letzte gewesen, was ich gewollt hätte, als ...«

»Als was?«

»Als sich meine Eltern getrennt haben.«

»Deine Eltern sind getrennt? Ich meine, du ... Ich hatte keine Ahnung, du wohnst doch in diesem riesigen Haus auf dem Berg, und ich ...«

»Was?« Sie sah ihn herausfordernd an. »Meinst du, wenn man in einer beschissenen Villa wohnt, hat man keine Probleme?«

»Weiß nicht, es sieht alles so ... keine Ahnung. Was ich sagen will: Immer, wenn ich dich sehe, siehst du entspannt und glücklich aus.«

»Tja, aber so ist es eben nicht. Ich meine, ich bin auch noch ein Einzelkind, ich hab also den ganzen Mist allein mitgemacht und mit mir allein ausmachen müssen. Obwohl ...«, sie legte ihm die Hand auf den Unterarm, »keine Ahnung, wie das ist mit deinen Geschwistern, wahrscheinlich machst du dir voll Sorgen um die.«

»Ja. Schon. Aber du hast recht, wir können zumindest kuscheln abends, wenn es mal besonders schlimm ist. Und ich hab jemanden, um den ich mich kümmern kann, und muss nicht alles mit mir selbst ausmachen.«

»Es ist blöd – und hilft auch, weil ich lernen musste, mit mir zurechtzukommen. Was meinst du, warum ich alleine an den Strand gehe? Weil ich einfach Zeit brauche, das alles zu verarbeiten. Früher hätte ich das nie gekonnt. Da habe ich nur meine Freundinnen getroffen, die mit mir abhängen und shoppen und irgendwelche komischen Joints rauchen wollten, aber ... Keine Ahnung, ich konnte nie darüber reden.«

»Du hast mit deinen Freundinnen nicht darüber geredet, dass sich deine Eltern getrennt haben?«

Sie legte sich auf den Rücken und schloss die Augen. Es sah merkwürdig und wunderschön zugleich aus, weil da die kleinen Wellen waren, die gegen den Felsen plätscherten und ihr langes Haar, das über den Rand des Felsens fiel und dahinter, wie ein Ball, die Sonne, die in einer halben Stunde untergehen würde und die ganze Szenerie von ganz hinten anstrahlte, als wäre dies eine Filmromanze und sie selbst die Beleuchtungsmeisterin.

Sie sagte es ganz leise, sodass er zuerst gar nicht wusste, dass sie sprach, und dann ganz genau hinhören musste.

»Du bist der Erste aus der Schule überhaupt, dem ich davon erzähle.«

»Aber du hast gesagt, es war vor einem Jahr.«

Sie schlug die Augen auf und setzte sich wieder hin, sie schien fast wütend zu sein, so funkelte sie ihn an.

»Mann, was denkst du denn? Dass das coole Mädchen Bock darauf hat, allen zu erzählen, dass es eigentlich ganz schön uncool ist? Dass Mama und Papa einen Megarosenkrieg hinter sich haben, mit Anwalt und der ganzen Kacke? Dass ich ein Jahr lang nichts Richtiges mehr gegessen habe und mir Mama jetzt einen Therapeuten besorgt hat, damit ich wieder zunehme? Ey, ich fühlte mich eh schon von allen verlassen. Und da habe ich nicht noch Bock darauf, dass meine Freunde mich auch noch doof oder komisch finden – dann wäre ich ja komplett allein.«

Und Giacopo, der gar nicht wusste, was ihn geritten hatte, auf diesen dummen Gedanken zu kommen, sah sie von der Seite an und sagte:

»Und weil du das jetzt bei meinen Eltern siehst, denkst du, es ist wie bei dir – und dann bin ich wohl ein guter Trostpreis, damit du mit jemandem darüber reden kannst.«

Es geschah in Sekunden, dass sie erst rot wurde und dann ganz blass, da war der Zorn in ihren Augen und totales Unverständnis, und dann stand sie auf und sprang ins Wasser, und er konnte nur noch rufen: »Ach Scheiße, sorry, was ...« Aber da war sie schon losgekrault, und er konnte nur dastehen und ihr hinterhersehen und sich selbst verfluchen.

Giulia

Sie war tatsächlich zum zweiten Mal an diesem Tag auf der Liege eingeschlafen. Puh, sie war einfach zu erschöpft. Und als sie langsam zu sich kam, weil es kühler geworden war, dachte sie einen kurzen, ganz kurzen Moment, dass auf einmal alles gut war.

Sie fühlte sich wohl und geborgen, als wäre sie irgendwo in einem Kokon, und sie kannte dieses Gefühl, früher war es ihr ein paarmal so gegangen, und sie wusste in diesem Augenblick, dass dieses warme Gefühl von *alles gut* nach dem Aufwachen so ein Schatz war, dass sie sich daran morgen erinnern müsste, am besten noch heute, wenn es nachher wieder so blöd wurde.

Sie öffnete langsam die Augen, sie sah Davide neben sich, der mit den Kindern im Sand buddelte und dabei ganz beseelt aussah, neben ihm stand ein kaltes Bier, sie hatte auch große Lust auf einen Apéro.

»Hi«, murmelte sie.

»Oh«, sagte Davide und sah sie lächelnd an, »hi, hast du gut geschlafen? Wir wollen eine echt große Burg bauen, die größte, die es hier am Strand gibt, wir wollten eigentlich, dass du mitmachst, aber ich hab den Kindern gesagt, wir lassen dich mal schlafen. Aber jetzt ...«

»Mach mit, Mama!«, rief Fabio. Ja, wirklich, Fabio sagte als Erster etwas. Giulia lächelte.

Sie wollte gerade aufstehen, als ein Schatten sich über sie legte, ein sehr schmaler Schatten nur, und sie erkannte dieses Mädchen, das Mädchen aus der Schule von Giacopo, sogar aus seiner Klasse, oder? Wie hieß sie noch? Alena oder so? Ihre Eltern hatten diese riesige Villa oben am Hügel, von der aus man das Meer überblickte. Nun stand sie hier, sah zu Giulia herab und hatte die Hände in die Hüften gestemmt.

»Hi«, sagte Giulia. »Alles okay mit Giacopo?« Sie konnte ihren Sohn nirgends entdecken, aber die Miene des Mädchens wirkte eher sauer als erschrocken.

»Keine Ahnung, ob mit ihm alles okay ist. Aber er ist ein Arsch. Können Sie ihm sagen. Aber Ihnen wollte ich auch was sagen: Seien Sie mal ein bisschen netter zu ihm, dann wäre Giacopo vielleicht nicht ganz so ein großer Arsch. Der is nämlich echt cool. Und Sie beide«, sie zeigte auf Giulia und Davide, die sie beide verdutzt ansahen, »Sie sollten sich nicht trennen. Ich kann Ihnen sagen: Meine Eltern haben fünf Jahre vor ihrer Trennung gar nicht mehr miteinander geredet, kein Wort, die haben sich nur Zettel geschrieben. Aber Sie beide«, sie klatschte in die Hände, »Sie quatschen doch die ganze Zeit miteinander. Auch wenn Sie streiten, wenigstens reden Sie. Sie haben doch echt was miteinander zu besprechen. Also, ich hab ja keine Ahnung, aber wenn ich mit meinem Mann in vierzig Jahren noch so viel rede, dann werd ich mich nicht trennen. Also, schönen Abend noch – und 'tschuldigung, dass ich hier so reingerasselt bin. *Ciao*, Francesca, *ciao*, Fabio, ihr seid echt cool.«

Dann drehte sie sich um und rauschte davon, so schnell, wie sie gekommen war – und dort, wo ihre Füße hintraten, stiebte der Sand auf.

»Fünfundzwanzig Jahre!«, rief Davide, und Giulia sah ihn verwundert an.

»Was?«, fragte sie.

»Na, vierzig Jahre ist ja wohl etwas übertrieben. Was glaubt dieses Mädchen denn, wie alt wir sind?«

Da musste Giulia schallend lachen. »Du bist echt Finanzbeamter, mein Schöner.«

Ada & Giuseppe

Sie sah ihm an, dass er nervös war, weil er ständig von einem Fuß auf den anderen trat.

»Nun setzen Sie sich doch endlich hin«, sagte sie viel freundlicher, als das Ausgesprochene sich hätte anhören können.

»Es ist«, murmelte er, »es ist alles sehr unwirklich für mich, wenn ich das sagen darf. Und deshalb ...«, er setzte sich mit einer Pobacke auf die Strandliege, »und deshalb bin ich wohl etwas unruhig.«

Sie stand von ihrer Liege auf und kam zu ihm herüber, so schnell, dass er gar nicht reagieren konnte, und dann legte sie seine Hand auf seine.

»Keine Sorge, Signor Conte, Sie werden es nicht glauben, aber mir geht es ganz genauso. Und deshalb können wir jetzt einfach hier sitzen und zusammen aufgeregt sein.« Sie blickte ihm in das Grau seiner Augen, das so tief war wie das Meer im Herbst. »Übrigens sehen Sie heute wirklich sehr gut aus.«

»Danke.« Es war ein atemlos ausgesprochenes kleines Wort, und doch lag so viel Bedeutung darin: zuallererst mal Erleichterung.

Sie erhob ihr Glas und wollte mit ihm anstoßen, doch immer noch war er in heftiger Unruhe, sie sah es, er konnte nicht mal das Glas anheben, ohne zu zittern. Deshalb ließ sie ihm noch einen Augenblick, doch als er sie so ansah, brach es aus ihm heraus.

»Ich habe den ganzen Tag auf Sie gewartet. Wo waren Sie, verdammt noch mal?«

»Sie haben auf mich gewartet?« Sie wusste gar nicht, warum sie sich nicht über den unhöflichen Wortlaut beschwerte, sondern sich ihre Wangen stattdessen noch mehr röteten – er hatte seine Entrüstung in so freundlichem Ton vorgetragen, dass ihr langsam schwante, dass die überraschende Wendung, die dieser Sonntag am Morgen vor ihrem Haus genommen hatte, noch lange nicht vorbei war.

»Ja. Ich saß hier. Wie jeden Sonntag. Also nicht hier. Sondern dort an der Bar. Ich war der erste Gast, wie jeden Sonntag. Und Sie hätten kommen sollen – wie jeden Sonntag. Sich hier hinlegen, sich sonnen, das Meer genießen – und zum Mittag an die Bar kommen, damit ich Sie ein paar Minuten ansehen kann. Aber … Sie sind einfach nicht gekommen.«

Nun erhob er sein Glas, weil er noch so viel zu sagen hatte, aber nicht so recht wusste, wie es jetzt weiterging, deshalb stieß er nicht an, sondern trank erst einmal selbst, das halbe Glas in einem Zug. Er fühlte sich so durstig, ihm war so heiß, so als ob die jahrelange Anspannung abfiel, mit drei oder vier mutig vorgetragenen Sätzen.

»Das heißt …«, Ada war sprachlos, »nein, in Ordnung, Sie werden es mir ja gleich erklären, so hoffe ich zumindest, ansonsten muss ich eine einstweilige Verfügung wegen Stalkings erwirken, ich weiß gar nicht, ob die Polizei das in unserem Alter noch ernst nimmt – jeden Sonntag, tss, tss.« Sie sah ihn an, weil er blass geworden war, dann grinste sie, und aus seinem Schreck wurde ein Lächeln, er verstand. »Aber erst mal kann ich es Ihnen ja sagen: Natürlich wollte ich an den Strand kommen wie jeden Sonntag, was sollte ich auch sonst tun? Ich liebe es hier, und sonntags ist mein einziger freier Tag. Es war aber wie verhext – sie werden es nicht glauben. Ich trat bei mir daheim aus der Tür – ich wohne oben an der Via San Pio, na ja, und dann kam eine der Damen – meiner Kolleginnen, Isabella, ich weiß nicht, ob Sie sie schon kennen. Denn Chiara, die kennen Sie ja in jedem Fall, die ist schon so lange da, Chiara jedenfalls liegt im Krankenhaus. Sie hatte doch diesen schlimmen Fahrradunfall.«

Giuseppe nickte, er wusste es tatsächlich, er hatte davon gehört, auch wenn es ihm so schrecklich unangenehm war, dass sie jetzt all die Damen aufzählte, hier, in ihrem gemeinsamen Moment – es war doch der allererste gemeinsame Moment, oder? Er hörte, wie Signora Amoretti fortfuhr.

»Na, und dann bin ich mitgegangen ins Ospedale della Misericordia – und Sie werden es nicht glauben: Es war wie eine Firmenfeier, ja, eine echte Weihnachtsfeier. Alle waren da, wirklich alle Kolleginnen – und wir haben bei Chiara auf dem Bett gesessen und Spumante getrunken und getratscht, über den Unfall, über das Leben, über die Kunden gelästert ...«, sie brach ab und sah ihn ernst an, erschrocken fast.

»Haben Sie ...«, fragte er leise, wollte aber nicht weiterreden, sie spürte es, deshalb sagte sie schnell:

»Nein, natürlich haben wir nicht über Sie geredet, Signor Conte, wir lästern doch nicht über langjährige Stammkunden, die aus unserem Städtchen stammen – und Sie wissen doch selbst, dass die Damen Sie alle sehr mögen und sehr höflich und großzügig finden, also ... Na ja, ich hätte das dennoch nicht sagen dürfen, denke ich. Es tut mir leid.«

Wieder nahm sie seine Hand, und er konnte nun zum ersten Mal dieses warme Gefühl nicht nur spüren, sondern in sich aufnehmen, es war eine große Sehnsucht, die nun Haut an Haut endlich gestillt wurde.

»Na, und das hat dann also richtig lange gedauert, diese Feier, und als ich vorhin auf die Uhr sah, war es schon nach fünf, und dann wollte ich eigentlich gar nicht mehr hierher, nein, das stimmt nicht, ich wollte schon, aber die Vernunft sagte: nein. Aber da in meinem Alter die Vernunft nun endlich vom Wünschen abgelöst werden kann, habe ich mich entschieden, noch einmal ins Meer zu springen. Gott sei Dank, wie ich jetzt sagen muss.« Sie strahlte ihn an.

»Es gab Carbonara.«

»Wie meinen Sie?«

»Enzo. Er hat heute Spaghetti Carbonara gemacht. Zum ersten Mal seit damals.«

Ada Amoretti sah Giuseppe Conte an und verstand, ihr Mund verzog sich zu einem wunderschönen Lächeln. »Oh, das sind gute Nachrichten. Der Schmerz macht Platz, und die angenehmen Erinnerungen bleiben. Das freut mich sehr für Enzo. Er wirkte vorhin auch richtig aufgeräumt. Das muss ich ohnehin sagen, seit ein paar Monaten ist er ein anderer Mensch – so als hätte jemand seinen Seelensturm beruhigt, der seit Saras Tod in ihm tobte.«

Giuseppe hörte Ada an, sie waren beide Chronisten des Enzo'schen Dramas gewesen, sie war während Saras Todeskampf in Bertas Bagno ausgewichen, Giuseppe war ihr widerwillig gefolgt, sie hatten also beide verstanden, was dieser Wirt durchmachte – aber er hätte es nie so in Worte fassen können, wie sie es konnte, auch wenn er jedes Wort innerlich bestätigte.

»Obwohl es natürlich auch eine schlimme Nachricht ist, dass ich ausgerechnet die Carbonara verpasst habe – Herrgott, ich liebte Saras Kochkünste.«

»Und dann sind Sie hergekommen«, sagte Giuseppe, das Gespräch von vorhin wieder aufnehmend, als hätte er den Einschub über das *pranzo* gebraucht, um sich zu sammeln.

»Dann bin ich hergekommen – und hier bin ich. Und Sie ...
Sie sagen, Sie haben auf mich gewartet?«

»Ich ...«, der alte Fischer zögerte. Da griff Ada zu, nahm
auch ihre andere Hand und legte sie in seine warme, kräftige
Pranke, sie konnte die Schwielen spüren von der harten Arbeit
auf See, von all den Jahren, in denen diese Hand die Netze
ausgeworfen und eingeholt hatte, die Fische herausgenommen,
getötet und ausgenommen. So hielt sie nun diese Hand mit
ihren beiden Händen, sanft und fest gleichermaßen, und senkte ganz bewusst ihre Stimme, als sie sagte:

»Also, Giuseppe. Ich sag jetzt mal einfach Giuseppe, schließlich halte ich deine Hand, und wie lange kennen wir uns eigentlich schon? Fünfunddreißig Jahre?«

»Zweiundvierzig.«

Er sagte es ganz schnell und ruhig, und sie hätte wieder
nicht überraschter sein können.

»Zweiundvierzig Jahre lang?«

»Zweiundvierzig Jahre und drei Monate. Du bist aus Mai-
land hergezogen, um im Tourismusbüro zu arbeiten, und ich
habe dich zum ersten Mal am Strand gesehen.«

Auch Giuseppe war umstandslos zum Du gewechselt, es
war an der Zeit.

»Und dann wurde alles anders.«

»Was meinst du?«

»Ich habe mich verliebt.« Er räusperte sich. »In dich.«

»Damals schon?« Ada fragte es ungläubig. Aber der alte
Fischer nickte.

»An diesem Tag. Ich habe in jenem Sommer das Boot gekauft, es ist nun genauso alt wie meine Zuneigung zu dir.« Sie
hatte ihn nie rot werden sehen, niemals, bis heute.

»Und du hast seither nie eine Beziehung zu einer Frau gehabt«, sagte sie leise und schaute aufs Meer, als versuchte sie

sich genauer zu erinnern. Sie schüttelte den Kopf. »Nein, es stimmt, da war nichts, oder? Also, außer ...«

Giuseppe Conte ließ ihre Hand los. »Es tut mir leid. Ich meine ...«

»Was tut dir leid?«

»Du warst ganz allein, als du hier ankamst, aber du wirktest immer so ... na, so zufrieden. Einfach wohl nur mit dir. Ganz anders, als die Mädchen aus dieser Stadt. Es war kein Wunder, dass du sehr schnell einen Freund fandest. Es hat keine drei Monate gedauert, ich weiß es noch, es war auf dem Muschelfest, da habe ich dich schon mit ihm tanzen sehen.«

»Mit Fabrizio? Es war Fabrizio damals, oder? Herrgott, das scheint so lange her. Was für eine verrückte Zeit. Ich habe damals meine kleine Wohnung gekauft, die ich noch heute besitze. Aber die Beziehung hielt nicht so lange, natürlich nicht.«

»Danach warst du wieder eine Weile allein, und dann kam ein anderer Mann, Peter.«

»Peter.« Sie lächelte. »Eine echte Urlaubsliebe. Dumm nur, dass der Sommer irgendwann vorbei war. Du kennst mein Leben anscheinend besser als ich.«

»Danach warst du wieder Single – so nennen das die jungen Leute doch, oder? Single. Was für ein dämliches Wort.«

»Ja, es hatte zu sehr wehgetan, dass er weggegangen ist, einfach so. Ich hatte genug von der Liebe. Meine Freunde reichten mir, meine Freundinnen. Und diese Stadt. Dieser Ort am Strand, der bis heute meine Heimat ist, der hat meine Liebe verdient.«

»Ich habe damals versucht, mich dir zu nähern. Aber ich hatte absolut keine Ahnung, wie ich es anstellen soll. Und dann kam die Krise – für dich muss das furchtbar gewesen sein, und deshalb war es auch für mich schlimm. Aber ich habe dadurch eine Möglichkeit gefunden, dir zu begegnen.«

Auf Adas Gesicht zeigte sich eine Mischung aus Verwunderung und Verwirrung, aber gleich darauf setzte etwas anderes ein: Erkenntnis. Sie verstand, was er meinte – auch wenn sie damit nie im Leben gerechnet hatte.

»Wenn es das ist, was du meinst ... Ja, du hast recht. Ich habe meinen Job im Tourismusbüro verloren, weil die Leute kein Geld mehr hatten, um in den Urlaub zu fahren. Und auf einmal wurde es ganz schön eng, finanziell, meine ich. Ich war eine alleinstehende Frau Ende fünfzig. Wer wollte mich schon noch anstellen?«

»Also hast du im *Massageparadies Happy End* angefangen.«

»Sie haben inseriert, in einer Zeit, als es nur Stellengesuche in der Zeitung gab. Sie haben es ziemlich klar geschrieben: *Erotisches Massageinstitut sucht Hausdame.* Ich habe zwei, drei Tage einfach gar nichts gemacht. Ich war am Strand, habe gelesen und stumpf vor mich hin gebrütet, weil ich wirklich nicht mehr wusste, wie ich die Stromkosten bezahlen sollte. Und dann habe ich mich entschieden und die Zeitung aus dem Papiermüll geholt. Dann habe ich da angerufen. Der Posten war noch offen. Aus der ganzen Stadt hatte sich niemand gemeldet.«

»Und dann hast du dir das angesehen.«

»Was meinst du, wie ich mich geschämt habe. Ich bin vor dem Bewerbungsgespräch eine Stunde lang um das Geschäft geschlichen. Und dann habe ich mich doch reingetraut. *Dio mio,* ich brauchte das Geld.«

»Und dann?«

»Dann geschah das, was ich heute die größte Überraschung meines Lebens nenne. Weißt du, niemand aus meinem engen Umfeld hat eine Ahnung, was ich arbeite. Wie auch? Meinen Freundinnen habe ich es nicht erzählt, sie sind alle so alt wie ich, und sie sind sehr katholisch, wie fast alle hier. Deshalb habe ich es ihnen nicht erzählt. Und wenn dann doch mal einer der Männer meiner Freundinnen in den Laden kommt, wird er den Teufel tun und mich verraten. Einmal ist das passiert. Weißt du, wie der Mann geguckt hat, als er mich erkannte? Ihm war es so peinlich, er wollte auf dem Absatz kehrtmachen. Aber ich habe ihn nur angelächelt und gesagt: *Bitte, jeder braucht mal etwas Nähe. Komm schon. Sieht so aus, als wären wir von heute an eine Zweckgemeinschaft. Du verrätst mich nicht und ich dich nicht.* Er ist geblieben, auch wenn er danach nicht wiedergekommen ist. Keine Ahnung, was seine Befürchtung war. Denn all meine Befürchtungen waren nach der ersten Woche in dem Laden ausgeräumt.«

»Ja, es ist ein besonderer Ort«, sagte Giuseppe, dem es immer noch unangenehm war, darüber zu sprechen.

»Alle sind so nett, wie du sie kennengelernt hast. Und sie sind nett, oder? Es ist ein Laden, der fest in Frauenhand ist – und die Damen sind wirklich so reizend. Sie brauchten mich damals dringend als ihre Zimmerdame und als Mutter der Kompanie – und das bin ich für die Mädels bis heute. Dass sie mich mit ins Krankenhaus nehmen wollten, beweist das doch. Sie brauchen eine ältere Dame, die auf sie aufpasst, manche sind ja sehr weit weg von zu Hause.« Ada musste lachen. »Ich habe nie Kinder gehabt, aber die Mädels im Laden, das sind meine Kinder.«

Sie trank einen großen Schluck von ihrem Bier, dann wandte sie den Blick wieder vom Meer ab und dem Mann zu, der neben ihr auf der Liege saß. Sie hatte keine Ahnung, ob Enzo sie beide beobachtete, aber ihr war, als würden sie im Zentrum von allem hier sitzen, so kurz vor Sonnenuntergang. Und als würde er sie beobachten, nicht voyeuristisch, ganz und gar nicht, eher zart und mitfühlend. So wie sie ihn damals beobachtet hatten, als es ihm schlecht ging, beide aus unterschiedlichen Perspektiven und ohne voneinander zu wissen, sorgenvoll, aber zum Sprung bereit, wenn er etwas brauchte, jemanden.

»Weißt du, das Besondere am *Happy End* ist ja«, sie grinste, »ich habe da noch nie drüber gesprochen, weil es ja niemanden gibt, der mich dort kennt – außer dir, na ja, es ist ein Ort, der irgendwie auch Erotik verspricht. Aber das ist nicht das Zentrale. Es geht um Nähe. Um ein Gefühl von Verbundenheit. Und es geht auch darum, endlich überhaupt mal wieder berührt zu werden. Es kommen so viele Männer, die alle freundlich sind, ja fast demütig und devot, weil sie im wahren Leben entweder nicht die Richtige gefunden haben und ganz allein in ihren vier Wänden festsitzen – oder es sind Ehemänner, die sich ganz einsam fühlen und sich endlich mal wieder jemanden wünschen, der sie berührt, ohne Vorwurf, ohne Gegenleistung außer Freundlichkeit – und, na ja, Geld eben. Niemand hat sich in all den Jahren wie ein Schwein verhalten – oder sich total danebenbenommen. Die Besoffenen sortiere ich ja vorher schon aus.«

»Du hast eine gute Menschenkenntnis.«

»Die Mädels verlassen sich auf mich. Ich bin ihre Lebensversicherung. Aber im Ernst: Es ist absolut komfortabel bei uns. Es geht eben nicht um Sex und damit nicht um eine Unterwerfung – es ist das genaue Gegenteil: Es geht um Berührung. Und damit um etwas ganz Sanftes. Weißt du, sie haben mich oft gefragt, die Mädchen, ob ich auch mal massiert werden möchte. Ich weiß nicht, warum ich es nicht gemacht habe. Ich habe sogar schon davon geträumt. Weißt du – das ist sehr privat –, aber ich bin seit zwanzig Jahren nicht mehr gestreichelt worden, nur so ein wenig am Rücken oder so; gar nichts. Aber trotzdem habe ich mich nicht getraut, ja zu sagen. Ihr Männer habt es so viel einfacher. Ihr zahlt fünfzig Euro, und dann zieht ihr euch aus und legt euch da hin. Aber das habe ich nicht über mich gebracht.«

»Warum?«

»Ich habe mich einfach zu sehr geschämt. Klar, ich bin alt, ich habe auch über meinen Körper nachgedacht. Aber es war noch etwas anderes: Ich hatte Angst, wenn mich diese Frauen berühren würden, dann einfach in Tränen auszubrechen, weil es so schön ist.« Sie schluckte. »Ich wollte mich so nicht zeigen. So schwach und so verletzlich.«

»Das ist ein sehr schöner Gedanke, aber auch ein sehr trauriger.«

»Hmm, ich glaube, ich habe ein bisschen Angst vor dem, was du mir gleich sagen wirst. Aber du warst doch nicht nur dort wegen ...«

Jetzt war es an Signor Conte, das Meer anzusehen und den gelben Ball, der noch ein gutes Stück über dem Horizont stand, er wusste alles über dieses Meer, er kannte die Mondphasen, wusste, wann die Sonne auf- und unterging, auf die Minute genau für die nächsten sieben Tage, es half ihm bei seiner Arbeit. Aber in diesem konkreten Augenblick half es ihm nicht. Auch wenn er sich in diesem Ambiente wenigstens nicht wie ein kompletter Idiot vorkam. Obwohl: Er wusste ja seit all den Jahren, dass in diesem untergehenden Ball mehr als Hoffnung lag. Es lag ein Versprechen darin. War nicht jeder Sonnenuntergang auch die Verheißung des nächsten Morgens? Zumindest hier in Italien war das so. Ihm war, als hörte er seine eigene Stimme von weitem, als wäre er selbst ein Fremder. Andererseits? Wem sonst gegenüber sollte er das alles zugeben, wenn nicht ihr?

»Ich ...«

»Woher wusstest du überhaupt, wo ich arbeite?« Ihr schien das jetzt erst aufzufallen. Aber ja, das war eine gute Frage, dachte er. Nicht gut für ihn, aber jetzt waren sie schon so weit gekommen.

»Ich ... Es war eine dunkle Zeit damals, auch für mich. Ich war ja allein mit meinem Boot. Und meine Kunden waren die Restaurants hier in der Stadt, aber auch feine Restaurants drüben in der Provinzhauptstadt. Aber die hatten nun große Probleme, weil niemand mehr Geld hatte für teures Essen. Also sparten sie zuerst an den Produkten. Es lief wirklich schlecht, sicher mehr als ein Jahr lang habe ich ums Überleben gekämpft. In der Zeit war ich extrem einsam, denn ich war nicht mehr so viel draußen auf dem Meer, wo ich mich zu Hause fühlte. Ich musste mich um neue Kunden bemühen, musste in Restaurants quasi betteln, dass sie Fisch kaufen, es war ... Es war so entwürdigend. Ich habe etwas gesucht, jemanden gesucht, aber ich wusste, dass mir nichts helfen würde als die schöne Frau, für die ich so sehr schwärmte. Ich ... Ich schäme mich sehr, weil ich das nie hätte tun dürfen, aber ich hatte eine Woche, die war so schlimm, dass ich überlegt habe, aufs Meer zu fahren und nicht mehr ...«

Er schluckte. All das hatte er noch nie einer Menschenseele erzählt. Nicht mal Enzo.

Sie griff wieder nach seiner Hand.

»Ich habe gedacht: Ich muss wissen, was du machst. Du kamst auch nicht mehr zum Strand, weil ...«

»Weil ich kein Geld mehr hatte für Sonnenschirm und Liege. Und ich wollte nicht, dass Enzo mich einlädt. Denn das hätte ich entwürdigend gefunden.«

Giuseppe nickte. »Ich bin dir drei Tage gefolgt. Ich habe mich so gesehnt, einfach nur nach deinem Blick, deinem Lachen. Das war Stalking, wie sie heute sagen – und es war falsch, und es tut mir sehr leid.«

»Ja, das war es«, murmelte sie, »aber es ist lange, lange her.«

»Ich habe dir zugesehen, wie du morgens deine Wohnung verlässt, ich habe gesehen, dass du dich schick gemacht hattest, da habe ich mich gefreut, weil ich erkannte, dass du einen Job gefunden hast. Und dann gingst du in dieses Massagestudio. Ich ... Ich war völlig von den Socken. Ich dachte, du würdest in einem Büro arbeiten oder so – aber nein, du warst in diesem Studio. Und ich musste die Augen schließen und mich an der Häuserecke abstützen, weil ich mir ausmalte, wie du fremde Männer massierst.«

»Ich?« Ada lächelte erst, dann fing sie laut an zu lachen, als sie drüber nachgedacht hatte, sie schüttelte sich regelrecht aus, auch wenn Giuseppe nicht mitlachen konnte, weil er immer noch peinlich berührt war. »Ich? Das ist ...«, sie begann, obwohl sie noch nicht ganz wieder zu Atem gekommen war, »das ist zu komisch. Wer sollte sich denn von einer so alten Schachtel massieren lassen? Na, du bist mir einer!«

»Ich wollte es herausfinden, aber ... Auch ich bin katholisch, und ich habe mich nicht getraut. Aber dann, drei schlaflose Nächte später, bin ich nach dem Anlanden und dem Verkauf und dem Mittagsschlaf und einer ... na ja, einer fast einstündigen Dusche losgegangen und habe mir ein Herz gefasst, wirklich die Tür geöffnet und da ... Da standest du und warst überrascht, aber du hast auch gelächelt, so wusste ich gleich, dass ich die richtige Entscheidung getroffen habe.«

»Ich erinnere mich«, sagte sie leise, als kramte sie in den Bildern ihrer Erinnerungen. »Wir hatten bisher keine zehn Worte miteinander geredet, Signor Schweigsam. Aber da hast du mich gefragt: *Massieren Sie hier?* Und ich habe nur gelacht und gesagt: *Nein, ich serviere Ihnen gern ein Glas Spumante zum Entspannen, und dann gebe ich Ihnen Handtücher und knöpfe Ihnen das letzte Geld ab, Signor Conte.* Und da hast du gelächelt.« Sie hatte ihn also doch schon lächeln sehen, jetzt erinnerte sie sich und korrigierte ihre Gedanken von vorhin.

»Du hast mir dann den Katalog gezeigt mit den Frauen, die heute verfügbar waren, und mir war das so furchtbar unangenehm, mir jetzt vor dir eine Frau auszusuchen. Aber ich konnte ja nicht wieder rausrennen – dann wäre ich aufgeflogen, dann hättest du mich erst recht für einen Stalker gehalten. Außerdem genoss ich deine Nähe. Aber es wurde natürlich auch nicht besser, denn als ich mir dann ...«

»Laetitia«, sagte Ada.

»... genau, Laetitia ausgesucht hatte, dann musste ich ja auch noch in dieses Zimmer, und prompt hatte ich wieder Angst. Sie kam rein, und sie war so nett, aber ich sollte mich ausziehen und mich da auf die Liege legen und dann ...«

»Bitte, Sie müssen nicht weiterreden«, sagte Ada.

»Du *siezt* mich wieder«, sagte Giuseppe. »Es ist ... Ist das zu schlimm, dieses Thema?«

Ada trank ihr Bier aus. »Ich mochte dich. Damals schon. Du warst so still und schön und stark. Und ich fand es natürlich nicht toll, dass du, der in meinem Pool schwimmen sollte, sich einer Frau hingab, die dreißig Jahre jünger war als ich. Ach was, fünfunddreißig. Na ja, deshalb ist es wohl besser, wenn du mir die Details ersparst.«

»Ich hätte das niemals gemacht, das alles, wenn es nicht bedeutet hätte, einmal in der Woche – oder neuerdings zweimal in der Woche – mit dir für zehn Minuten in einem Raum zu sein. Fünf Minuten vor dem Beginn, wenn du die Handtücher gibst und mir den Sekt eingießt und wir dann zusammen im Foyer sind und ich dir sogar kurz zuhören kann, wenn du ans Telefon gehst – und nach der Massage, wenn du mir das Geld abnimmst und *Grazie, Signor Conte* sagst und dann an der Tür ganz nah neben mir stehst und ich dein Parfum riechen kann.«

Sie legte ihre Hand an den Kopf und sah ihn mit großen Augen an. »Du warst wirklich meinetwegen in der erotischen Massage, jede Woche?«

»Seit zwölf Jahren.«

»Dann hab ich dich ja schon«, sie nahm die Finger und rechnete, »dreißigtausend Euro gekostet. Na ja, knapp dreißigtausend, weil wir an Weihnachten und an den anderen Festtagen jeweils eine Woche geschlossen haben.«

»Ein Mittelklassewagen als erotische Massage.«

»Na, wenn das mal nicht romantisch ist.«

»Romantisch wäre es geworden, wenn ich meinen Mut zusammengenommen – und dir alles gestanden hätte. Dass ich mich in dich verliebt hatte, als ich dich zum ersten Mal sah, mit deinen langen, vom Wind zerzausten und von der Sonne gebleichten Haaren und deinen strahlenden Augen – das wäre romantisch gewesen. Aber …«

Er sah zurück zur Bar, und sie ließ ihm die Zeit, die er brauchte.

»… aber auch heute bestand ich nur aus Angst. Ich habe dagesessen und damit gerechnet, dass du gleich auftauchen würdest. Wie immer. Wie jeden Sonntag. Was meinst du, warum ich mich sonst immer so schick machen würde für den Sonntag an der Bar. Doch du kamst nicht. Zuerst dachte ich, du hättest verschlafen, dann dachte ich, dir wäre etwas zugestoßen. Meine Angst wuchs von Minute zu Minute. Ich habe auf eine Sirene gewartet, die mir sagte, du hättest einen Unfall gehabt. Aber da war nichts, sonst wäre ich ja sofort losgegangen. Stattdessen bildete ich mir dann ein, du hättest jemanden kennengelernt, jetzt endlich nach all den Jahren. Und das …«

»Was?«

»Dass du nicht kamst, das war der Auslöser: Ich saß da auf meinem Barhocker, während Enzo Saras Carbonara gekocht hat. Ich habe die Liebe in seinen Augen gesehen, während er die Soße zubereitet hat, als er die Augen geschlossen hat, weil er den Duft wahrnahm, den Duft ihres Rezepts – na ja, und da wusste ich, das will ich auch. Ich liebe ja, ich bin kein kalter Fisch, ich liebe dich schon so so lange. Aber mir bleibt nicht mehr viel Zeit, das weiß ich auch. Also habe ich mir geschworen, dass ich heute etwas tun werde. Ich habe gebetet: Bitte, Gott, schick mir Ada her – und wenn sie kommt, dann werde ich mich offenbaren. Ich habe nicht noch mehr Zeit zu vergeuden. Es war ...« Er stockte, er war fast fertig mit seiner atemlosen Geschichte, und auch er selbst konnte sich an keinen Tag in seinem Erwachsenenleben erinnern, an dem er so viele Worte aneinandergereiht hatte. »Es war erst die Angst, und dann kam der Mut.« Er atmete tief durch, dann sagte er: »Weißt du, was das Schönste ist, wenn man sich im Alter verliebt? Dass die Chance besteht, dass einem die Wirren des Lebens nicht mehr dazwischenkommen.«

Ada hatte bei seinen Worten aufs Meer geschaut, doch als sie ihm nun den Kopf zuwandte, da sah er die Tränen der Rührung in ihren Augen. Leise sagte sie:

»Ich habe auch nicht mehr viel Zeit, aber nach all dem, nach all deinen Worten, glaube ich, dass ich die Zeit, die uns bleibt, gerne mit dir verbringen möchte.«

Sie nahm seine Hand, dann rückte sie noch ein Stück näher und legte ihren Kopf an seine Schulter. Giuseppe Conte schloss die Augen und sog ihren Duft ein. Manche Träume mögen spät wahr werden. Aber sie werden wahr.

Davide & Giulia

Sie beobachtete, wie er von der kleinen Hütte kam, die beiden Gläser mit dem Spritz hielt er in den Händen, und es lag ein Lächeln auf seinem Gesicht, das sie lange nicht mehr gesehen hatte. Wieder fiel ihr sein Brusthaar auf, sie hatte es damals so gemocht, oft war sie mit ihren Fingern hindurchgefahren, es war stark, und wenn sie ihr Ohr über sein Herz legte, dann hatten sie die Haare gekitzelt. Heute war das Brusthaar grau, was sehr schön war, weil es so gut zu seinem dunklen Teint passte.

Merkwürdig, dass sie all das in den letzten Jahren nur noch im Vorbeigehen wahrgenommen hatte, wenn sie schnell in die Dusche wollte und er noch darin stand, weil er sich am Morgen immer ewig Zeit ließ und sie nur genervt war davon – oder weil ihr Blick automatisch immer gleich nach unten wanderte Richtung Bauch und sie immer gedacht hatte, dass er sich echt mal nicht so gehen lassen sollte, der Bauch wuchs und wuchs, Herrgott.

Nun aber kam dieser Mann, ihr Mann, auf sie zu, und sie sah sein Brusthaar wieder. Er setzte sich neben sie auf die Liege und wollte ihr ein Glas reichen, doch sie zeigte auf den Sand vor ihnen. »Wollen wir?« Er verstand sofort und lächelte noch mehr. Er gab ihr ein Glas und nahm sie bei der anderen Hand, und sie gingen die paar Meter bis zur Wasserkante, dann ließen sie sich in dem warmen Sand nieder, wie sie es früher immer gemacht hatten. Als sie jung und verliebt waren, hatten sie die Alten immer belächelt, die sich für zehntausend Lire Schirm und Liegen mieteten – was für Spießer –, sie saßen viel lieber im Sand. Jahre später lagen sie auf den Liegen, weil die Rücken steif geworden waren und die Kinder auf den Liegen Mittagsschlaf halten und nicht so viel in der Sonne sitzen sollten, und nahmen das auch missbilligend wahr – aber so war es eben, das Leben.

Sie blickte in Richtung Horizont, dort hinten stand die Sonne so tief, es würde noch einige Minuten dauern, bis alle Menschen nur noch in diese Richtung sahen.

»Auf dich«, sagte er leise, und sein Glas klirrte gegen ihres.

»Auf dich«, antwortete sie, und dann tranken sie beide.

Sie hörten nur den Schrei und spürten, wie Sand gegen ihre Rücken flog. »Was macht ihr denn hier?«, fragte Fabio und warf sich auf Davides Rücken. »Ihr sitzt ja im Sand. Warum sitzt ihr denn im Sand?«

Giulia griff sich den Jungen und kitzelte ihn durch, immer wieder sagte sie lachend: »Weil wir den Sand lieben«, und dann ließ sie das schwer atmende und lachende Bündel los, und Davide strich ihm durchs Haar und wollte gerade etwas sagen, aber das war gar nicht nötig, der Junge schien die Magie des Augenblicks zu fühlen und verzog sich so schnell, wie er gekommen war, sie hörten ihn mit Francesca weiter hinten spielen, irgendwas mit Baggern und Feuerwehr, schwer zu sagen, was genau, es war einfach zu durcheinander.

»Danke«, sagte Davide leise, als er sich wieder Giulia zuwandte.

»Wofür?«, fragte sie überrascht.

»Ich weiß nicht«, erwiderte er, »manches Mal will ich mich bedanken für irgendeine Kleinigkeit, und dann regt mich aber schon die nächste Kleinigkeit auf, und ich vergesse es einfach wieder. Aber dieses Danke, na ja, es ist, glaube ich, einfach nur dafür, dass du es schon so lange mit mir aushältst in diesem ganzen Wahnsinn.«

»Oh ja, ein Wahnsinn ist es allemal«, antwortete Giulia und musste schon wieder lachen. »Aber hey, sieh mal …«

Sie wandten den Blick zu den Zwillingen und sahen ihnen eine Weile zu, wie sie im Sand spielten, in diesem satten, warmen Licht, das ihre Zweisamkeit ausleuchtete wie für eine Kitschfotografie. Als sie ihn wieder ansah, hatte er feuchte Augen.

»Schön, oder? Unser Werk.«

»Und dazu haben wir einen großen Sohn, der denkt, es sei eine gute Idee, wenn wir zusammenblieben. Das will ja auch was heißen.«

Seine Worte rührten nun sie, gewaltig sogar. Sie sah sich um, doch von Giacopo war nichts zu sehen. Sicher war er noch mit diesem Mädchen unterwegs. Wie war doch gleich ihr Name gewesen? Caetana?

»Weil wir uns immer noch etwas zu sagen haben«, fuhr er fort. »Haben wir doch wirklich, oder?«

»Ja, wir haben uns eine Menge zu sagen. Und ich fände es so schön, wenn wir das nicht nur zwischen Tür und Angel machen würden. Uns sind ja die großen Gesprächsthemen nie verlorengegangen. Nicht wie bei diesen Paaren, die am Hoteltisch sitzen, wenn die Kinder aus dem Haus sind, und bei denen auf einmal das große Schweigen regiert – weil sich die letzten dreißig Jahre nur noch um die Waschmaschine und das Garagentor gedreht haben. Das ist bei uns anders, und ich bin sehr froh darüber. Aber wir packen halt das große Ganze gerne mal zwischen die Waschmaschine und das Garagentor – und dann kriege ich entweder alles in den falschen

Hals oder du fühlst dich missverstanden oder nicht gehört und dann ...«

»... und dann ist schon wieder der schönste Streit am Kochen.«

Sie musste lächeln. »Ganz genau.«

»Und was machen wir dagegen?«

»Was coole Paare tun: Wir setzen uns in den Sand und trinken zu viel. Und vielleicht ...«, sie nahm seine Hand, »... fahren wir mal wieder irgendwohin, nur wir zwei, und setzen uns einen ganzen Tag in den Sand und reden nur großes Zeug und Blödsinn und alles querfeldein.«

»Das klingt so gut, dass ich gleich losfahren möchte.«

»Und Giacopo passt auf die Zwillinge auf.«

»Oh ja, seine Freundin scheint nett zu sein – und klug.«

»Meinst du echt, sie sind schon zusammen? So richtig, meine ich?«

»Na, Geschmack hat er jedenfalls ...«

Sie grinste ihn an. »Ihr Männer seid doch alle gleich.«

Sie mussten lachen, das eiskalte Glas kitzelte ihren Unterschenkel, weil sie es dort angelehnt hatte.

»Weißt du ...«

»Hmm?«

»Eigentlich gefällt es mir mit dir sogar, wenn wir schweigen. Denn das ...«, sie flüsterte es nur noch, »können auch nicht alle aushalten.« Und dann küsste sie ihn auf die kleine helle Stelle an seinem Hals. Gerade als die Sonne in das Meer eintauchte, dort, so weit draußen – und doch wirkte es so nah, die Krümmung des Horizontes und dieses gleißende Licht, dieser Ball, dessen Konturen so klar gezogen und der so rot und voll war und sich nun von Sekunde zu Sekunde Millimeter um Millimeter nach unten schob, ein Adieu für diesen Tag, an dem sie alles gegeben hatte, diese Sonne.

Als sie nur noch ein schmaler Streifen am Horizont war, hielt der Strand den Atem an. Die Geräuschkulisse um sie herum war verstummt, es war nur noch ein atemloses Blicken und ein Sehnen – und sie schienen ganz vorne zu sitzen, eng aneinandergedrängt, so, als wäre diese Leinwand nur für sie und als wären sie gleichzeitig die Hauptdarsteller in diesem Stück.

Nun war der rote Ball nur noch ein kleiner Strich über der Wasserkante, und dann schon hörten sie die Menschen um sie herum, die die Sekunden zählten: *Tre, due, uno* – und dann brach der Spiaggia delle Sole in Jubel und Applaus aus – wie jeden Abend, was für ein Ritual.

»Ein Sonntag am Strand«, sagte Davide.

»Der irgendwie alles ändert«, antwortete Giulia und lehnte den Kopf an seine Schulter.

Giacopo

Er konnte es gar nicht erwarten, bis der blaue Bus mit einem Fauchen der Bremsen hielt und sich die Türen zischend öffneten. Sogleich sprang er heraus und nahm von der Via Principale die kleine Anhöhe. Als er sich umdrehte, war das Panorama so gewaltig, von hier oben konnte er das ganze Städtchen sehen und dahinter – weit und blau und gelb, weil die Sonne so tief stand – das Meer wie eine flache metallisch glühende Scheibe.

Er wandte sich wieder um und rannte auf das schmiedeeiserne Elektrotor zu. Allein der Klingelknopf war so pompös, dass er kurz stehen blieb und zögerte. Aber er würde doch jetzt nicht vor einem Klingelknopf Schiss haben. Er sah ihr Rennrad an das Haus gelehnt, deshalb war sie so schnell hier oben gewesen, während er auf den blöden Bus hatte warten müssen, der nur alle halbe Stunde fuhr. Giacopo drückte die Klingel, und es gab nur ein ganz kleines Geräusch, ein Surren. Sekunden später fragte eine blecherne Stimme:

»*Sì?*«

»Ja, Entschuldigung, Signora Gennaro, ich bin Giacopo, ist Caetana da?«

»Natürlich, warte, ich lasse dich herein.«

Selbst so blechern verfremdet erkannte er, wie freundlich die Stimme war, die durch die Sprechanlage zu ihm sprach. Caetanas Mutter hatte die Tür schon geöffnet, doch er brauchte eine Minute, um die Anhöhe über den Kiesweg zu erklimmen, weil der Untergrund so rutschig war. Dann nahm er die Treppenstufen und stand schließlich vor der offenen Tür, just in dem Moment, als sie mit bollernden Schritten die Treppe herunterkam. Als sie aber sah, dass er schon in der Tür stand, bremste sie und nahm die letzten Stufen ganz beiläufig. Giacopo grinste sie an.

»Rennst du, weil du dich so freust, mich zu sehen?«

Er liebte diese Geste jetzt schon an ihr, deshalb freute er sich, dass sie die Hände entrüstet in die Seiten stemmte.

»Sei froh, dass ich nicht die Hunde losgelassen habe.« Sie grinste. »Was willst du?«

»Ich … Ach, ey … Ich wollte mich entschuldigen. Ich war so aufgeregt, und ich kann auch jetzt noch nicht glauben, dass dir – dir, Caetana Gennaro, etwas an mir liegt. Weil ich schon so lange so verknallt in dich bin – hoffnungslos verknallt, weil ich das nie erwartet hätte. Und deshalb war ich über alle Maßen überrascht und habe so einen blöden Mist erzählt – und … Wirklich, es tut mir leid.«

»Du bist schon so lange verknallt in mich?«

»So lange.«

Sie errötete.

»Und ich wollte mich bedanken. Du hast irgendwas zu meinen Eltern gesagt, und danach sahen die ganz glücklich und befreit aus, als ich endlich aus dem Wasser raus war. Was hast du zu ihnen gesagt?«

»Das ist unser Geheimnis«, sagte Caetana lächelnd. »Aber schön, wenn es gefruchtet hat. Und was uns betrifft: Lustig, dass sogar wir streiten, so wie unsere Eltern – aber vielleicht vertragen wir uns ja ein bisschen schneller.«

»Du, ich hab eine Idee, komm, wir fahren wieder runter zum Strand und schwimmen noch mal …« Doch er sah schon, wie sie den Kopf schüttelte, und brach ab.

»Ich hab eine viel bessere Idee. Hier sind wir so weit oben, hier geht die Sonne fünf Minuten später unter – nämlich jetzt gleich. Wir sollten uns das unbedingt vom Fenster meines Zimmers aus ansehen.«

Er sah sie an, und seine Augen weiteten sich. »Echt? Meinst du das ernst?«

Sie trat einen Schritt aus der Tür, griff nach seinen Händen und kam ihm ganz nah, sie legte sich seine Hände um ihre Taille, er konnte ihr Haar riechen, diese Mischung aus Meerwasser und Salz und Sonnenduft, und dann sah er ihre Augen schon ganz nah, ihre Lippen, kurz bevor er Caetana, nein, kurz bevor er zum ersten Mal in seinem Leben überhaupt ein Mädchen küsste.

La notte
Die Nacht

Enzo

Der Himmel war so sternenklar, in dieser Nacht würde es auf jeden Fall trocken bleiben. Also öffnete er die Kiste, damit der Bäckerjunge am Morgen die Brote direkt hineinlegen konnte. Dann nahm er die vorbereitete Flasche aus dem Eisfach und stellte sie in den Sand. Im Anschluss griff er das große Holzbrett und befestigte es an der Fensterhalterung, bevor er es mit dem Vorhängeschloss sicherte. Nun war alles für die Nacht bereit.

Er holte sich die Flasche und wollte sich eben schon in Richtung Promenade wenden, doch dann hielt er inne und wandte sich um. Zwei Handbreit über der Stelle, wo vorhin die Sonne glutrot über dem Meer gestanden hatte, war nun der volle gelbe Mond zu sehen. Er war so groß und so hell und so nah, dass Enzo die dunklen Flecken der Krater so gut erkennen konnte wie selten zuvor. Er stand ganz ruhig da und betrachtete die Umrisse dieses Himmelkörpers, die Maserung auf seiner Oberfläche, nahm die Ruhe wahr, die er ausstrahlte. Dann ließ er den Blick sinken und beobachtete die kleinen Wellen, die, von goldenem Licht beschienen, auf den weißen Strand schwappten. Er wäre eigentlich noch hinuntergegangen und hätte sich bis zu den Unterschenkeln ins Meer gestellt, aber nein – nicht heute. Es war so viel passiert – so viel. Die Geschichte mit dem Streit der Eheleute und dann ihre Versöhnung ... Und dieses Mädchen, diese Felice. Wie sie dem jungen Mann nachgeeilt war. Und dann noch ...

Er drehte sich wieder um, die Flasche nach wie vor in der Hand, und ging die Holzbohlen hinauf, ohne sich umzuwenden. Dann betrat er die Promenade und überquerte sie schnurstracks, auf der Straße waren keine Autos mehr unterwegs und keine Nachtschwärmer. Es war Sonntag, da mussten die meisten wieder zurück in die Städte, weil für sie der Urlaub schon vorbei war – oder der kurze Wochenendtrip an diesen – seinen – Strand.

Er hatte keinen weiten Weg, sein Haus war genau gegenüber. Er schloss die Eingangstür auf, im Flur lag der Geruch von Hefe und Nudelwasser, aber auch von dem salzigen Sand, den die Bewohner von ihren Strandspaziergängen mit hereingetragen hatten. Er ließ den Aufzug links liegen und nahm die Treppe, eine Etage, die zweite, die dritte. Seine Wohnung lag auf der rechten Seite, das Schild zeigte *Enzo Olivero*.

Er schloss die Tür auf, doch der Raum war nicht dunkel, Kerzenlicht hellte ihn auf, und leise Musik drang aus dem Wohnzimmer. Ein Lächeln setzte sich auf sein Gesicht. War sie doch schneller gewesen. Hatte ihr Geschäft abgeschlossen, sich in ihrer Wohnung auf der linken Seite des Flures zurechtgemacht, sich geduscht, umgezogen und dann mit ihrem Schlüssel zu ihm hereingekommen. Ihre Schlüssel passten in beide Wohnungen, sie hatten vor einem halben Jahr die Schließanlagen auswechseln lassen.

Er holte aus der Küche zwei Gläser, dann öffnete er die Flasche mit dem Champagner, den er extra für diese Nacht schon am Abend in die Kühltruhe gestellt hatte. Es gab einfach zu viel zu erzählen.

»Na? Noch geträumt? Oder was hast du so ewig da draußen gemacht?«

Sie hatte ihn schon reinkommen hören, doch nun trat er zu ihr hinaus auf den Balkon, von dem aus man das Meer überblickte, da saß sie auf einem der beiden Stühle an dem kleinen Tisch, auch hier hatte sie Kerzen angezündet, das Licht war so sanft, und sie sah so strahlend schön aus und blickte ihn mit ihrem strahlenden Lächeln an, weil sie ihn immer noch necken konnte, aber ganz anders als am Tage – denn das hier war ihr gemeinsamer Raum, ihre Oase nach Badeschluss.

»Ich hatte halt ein paar mehr Gäste als du, da habe ich eben auch mehr aufzuräumen. Ich führe nun mal das beliebteste Bagno an diesem Strand. Aber ich erwarte von dir kein Verständnis.«

»Du kannst es nicht lassen!«, rief sie, dann stand Berta auf und drückte ihn an sich, er umschlang sie, so standen sie da, eine sehr lange Weile, beleuchtet vom Mond, eingehüllt in das Meeresrauschen, das ihm hier oben noch lauter vorkam als unten am Strand. Bis sie sich wieder voneinander lösten und sie ihn auf den Mund küsste. Von unten herauf strahlte sie ihn an, und er strahlte zurück.

»So schön …«, sagte Enzo leise. »Sehr müde, *cara*?«

»Nein, es geht sehr gut«, antwortete sie.

Er goss ihnen von dem Champagner ein, dann hielt er sein Glas hoch.

»Das ist gut, denn es gibt viel zu erzählen. Und wir müssen anstoßen. Weißt du, was heute passiert ist? Signor Conte, du weißt schon, der Fischer, der war wohl seit Urzeiten verliebt in die Dame, die immer sonntags kommt, Ada, und ich dachte, der sitzt nur bei mir, weil er gerne schweigt und aufs Meer schaut, aber heute haben sie zum ersten Mal richtig miteinander geredet, und schwupps, siehe da, sie …«

»Enzo, Enzo, halt mal«, sagte sie und lachte laut, »ich finde dich so wunderschön, wenn du so begeistert erzählst, und ich will das alles wissen, aber jetzt lass uns erst mal anstoßen.«

Sie erhob ihr Glas, und er tat es ihr nach, und dann stießen sie an.

»Auf die Liebe an Ferragosto«, sagte sie.

Und Enzo erwiderte:

»Auf die Liebe.«

FINO

Grazie

Italiens traditionelle Bagni sind für mich der Inbegriff von Urlaub. Alles hier steht für Sommer, für Süden, für Kinderlachen und pure Glückseligkeit, die den Rhythmus eines Strandtages vorgeben. Und immer ist dort diese Bar, die alles anbietet, was das Urlauberherz begehrt.

Deshalb ist dieses Buch den vielen Bagnini an Mittelmeer und Adria gewidmet.

Entstanden ist es an zwei Orten: am Strand von Ventimiglia an der italienisch-französischen Grenze. Und in meinem liebsten Schreibrefugium im tiefen Schnee des Dezember 2022: im Hotel Schloss Elmau, mit dem Blick auf den Ferchenbach und auf viele verschneite Baumwipfel und Gipfel. Es gibt sicher keinen Ort, der gegensätzlicher zu den Sommer-Bagni ist als dieser. Aber gerade deshalb konnte ich mich in dem Flockengestöber des Karwendelgebirges so gut in die Urlaubswelt und das Dolce Vita einfühlen. Merci an das Team in Elmau – Sie schenken diesem magischen Ort seine Seele.

Der dritte Band dieser losen Reihe bewegt sich in einer winterlichen Szenerie: vier Stunden südlich von hier im schweizerischen Wallis.

Stille Nacht im Schnee ist jetzt erhältlich und das Taschenbuch erscheint pünktlich vor Weihnachten 2024. Der schönste Familienroman, der je einer Heiligen Nacht gewidmet wurde.

Über den Autor

Alexander Oetker, geboren 1982, ist Bestsellerautor und TV-Journalist. Als Frankreichexperte von RTL und n-tv berichtet er seit fünfzehn Jahren über Politik und Gesellschaft der Grande Nation. Er ist zudem Kolumnist und Restaurantkritiker der Gourmetzeitschrift Der Feinschmecker. Seine Krimis um Luc Verlain sind Erfolgsgaranten im Buchhandel, für *Mittwochs am Meer* erhielt er die DELIA, den Literaturpreis für den besten Liebesroman des Jahres. 2022 wurde Alexander Oetker außerdem mit dem Deutsch-Französischen Freundschaftspreis des Saarlandes ausgezeichnet. Er lebt *en famille* in Brandenburg, Berlin und an der französischen Atlantikküste.

Mehr Informationen zum Autor: www.alexander-oetker.de